新世纪保健图文传真

皮肤滋养与健康

(英) 瑞奇·奥斯特洛夫 著

陈 虹 译 张 声 校

福建科学技术出版社

著作权合同登记号：图字13-2000-35
A Marshall Edition

原书名：SOLVING SKIN PROBLEMS
本书中文简体字版由英国Marshall公司授权福建科学技术出版社独家翻译、出版，在中华人民共和国境内发行

图书在版编目(CIP)数据

皮肤滋养与健康 /（英）奥斯特洛夫著；陈虹译.
—福州：福建科学技术出版社，2001.9
（新世纪保健图文传真）
ISBN 7-5335-1863-2

I.皮…　II.①奥…　②陈…　III.皮肤－保健－基本知识　IV.R751

中国版本图书馆CIP数据核字(2001)第042174号

书　　名　皮肤滋养与健康
　　　　　新世纪保健图文传真
作　　者　（英）瑞奇·奥斯特洛夫
译　　者　陈虹　张声(校)
出版发行　福建科学技术出版社(福州市东水路76号，邮编350001)
　　　　　www.fjstp.com
经　　销　各地新华书店
印　　刷　深圳中华商务联合印刷有限公司
开　　本　889毫米×1194毫米　1/32
印　　张　3.5
字　　数　115千字
版　　次　2001年9月第1版
印　　次　2001年9月第1次印刷
印　　数　1—10 000
书　　号　ISBN 7-5335-1863-2/R·393
定　　价　20.00元
书中如有印装质量问题，可直接向本社调换

目录

4 常见的皮肤问题

5 色斑问题

6 日晒的问题

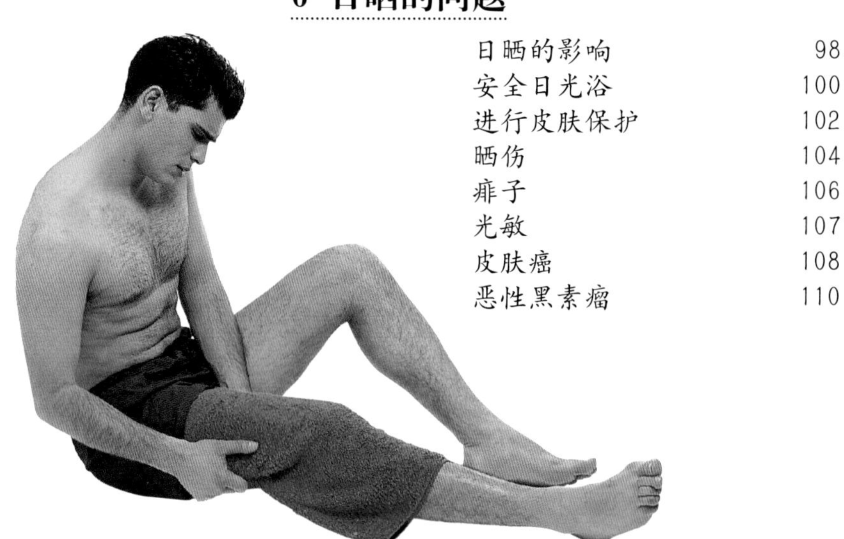

引　言

皮肤作为身体最大和最容易看得到的器官，它的状态反映了许多与你健康有关的情况。皮肤不仅仅能很好地显示你的整体健康状况，而且拥有清洁亮丽、光彩照人的皮肤能使你信心倍增、魅力四射。

拥有你最理想的皮肤

事实上，我们每个人都渴望一生中总能拥有完美无瑕的皮肤，但这是既不可能又不现实的目标。你的皮肤是一个持续变化的组织结构，同时在生命的不同时期，忧虑、疾病、烦恼等因素都会影响到皮肤。然而，如果你想使皮肤在一生中看起来和感觉起来都最好的话，你就必须持之以恒地对你的身体多一点的护理与保养，通过饮食、锻炼和避免损伤的因素如吸烟、恶劣的气候条件，同时使用特殊方式来照顾你的肌肤，如使用防护(护肤)霜或进行其他处理。

对付问题皮肤

当你的皮肤出现问题时，并不是自己躲在家中尝试治疗，最好是去皮肤病医生那儿寻求帮助。这样，你不仅会得到正确的诊断，而且医生会给你很多实际的帮助和指导。皮肤保健科学在过去几十年中已取得了引人注目的发展，针对那些最常见的皮肤疾病，尽管某些症状还无法完全治愈，但现在至少可以对症状给予有效的治疗。

在家进行有效的皮肤护理

生活中，有许多自助的方式可以使你的皮肤看起来更美白动人。化妆品厂商视皮肤护理为一项大生意，他们不断地开发新产品来改善你的皮肤外貌。通过学习来正确护理皮肤，养成健康的生活方式并尽早处理问题，你就能使你的皮肤长期保持最理想的状态。

如何有效使用这本书

第一部分阐释了皮肤的结构和功能，以及生活方式如饮食、吸烟和环境条件等是如何影响你的皮肤健康。第二部分着重说明从婴儿到老年，一生中皮肤的变化，以及如何根据变化的需要进行必要的护理。为了使你的皮肤总处于最佳状态，你必须对它进行正确的护理。在第三部分中将告诉你如何评估你的皮肤类型，适合面部或其他区域皮肤的定期清洁护理、保养水分以及其他的护理方法。那些最常见的皮肤病症将在第四部分中详述，其中包括湿疹、皮炎、皮肤感染和痤疮（粉刺）等。第五部分提到了关于色素沉着的相关问题，包括缺少色素和区域性色素增多（如雀斑）。最后，在第六部分讨论阳光对皮肤的影响以及如何有效保护你的皮肤，让你的皮肤在外观和健康两方面都不受到损坏。

皮肤与生活方式

由于皮肤是人们都可以看到的少数器官之一，所以它是健康状况的晴雨表。但是我们中的绝大多数人对自己的皮肤太想当然，尽管我们每年花费大量的金钱在皮肤保健产品上，但我们还是会忽略生活方式对皮肤的影响。皮肤对你的饮食习性与作息的改变以及你所处的生活工作环境的变换非常敏感。如果你想让你的皮肤焕发健康光彩，就必须花些时间来测定你的生活方式是否符合健康的标准，考虑是否能改变你的生活方式使皮肤得到改善。这有助于你找出皮肤问题的根本原因，同时改善你的皮肤，使它更加光滑、细嫩。

1

关于皮肤

皮肤是相当复杂而精细的。它不但是身体最大的器官，而且它具有不计其数的重要功能并发挥着重要的作用。表层的弹性膜不仅能防水、防漏，而且能保护内部的器官免受环境的损害。

什么是皮肤

■皮肤是一种活组织，其表层细胞能不断地脱落和再生。

■一个中等身高的成年人，全身表皮的面积大于2平方米，重量约为2千克。

■皮肤最厚的部位是脚底，最薄的是眼睑、嘴唇和生殖器。

■皮肤包含毛囊、汗腺、皮脂腺、神经受体和血管。

皮肤的作用

■它能保护机体，阻止如细菌和有害化学物质等有机体或无机物渗透表皮。假如潜在的危害物质进入皮肤，真皮的血液系统将输送白细胞以杀死入侵者。

■皮肤有助于调节体温。寒冷的时候，皮肤内的血管收缩和小立毛肌收缩，使毛发竖起，形成保暖层。炎热的时候，通过血管舒张，流汗蒸发而散热。

■角蛋白，主要是由表层死亡的细胞组成，能够防水并使皮肤坚韧。

■汗液还包括其他物质，如增强异性吸引力的信息素。少量的废物也可以通过汗液排出体外。

■皮肤感受器负责不断地将痛觉、触觉、温度感觉输送给大脑。

皮肤的内部结构

皮肤主要有两层：表皮层和真皮层。

■表皮层较薄，并不停地进行凋亡和再生的生理循环。表面由扁平的充满角化物质的死亡细胞组成，称为角蛋白。这些角化细胞形成皮肤的保护层。表皮层还包含有黑色素细胞，这些细胞能产生黑色素以保护皮肤免受紫外线的伤害，并使皮肤出现颜色。

■真皮是深层的较厚的皮肤，含有一些水分但大部分为胶原，一种坚固的纤维蛋白。真皮还包含很多弹性纤维，其中所含有的弹性蛋白能使皮肤延伸或弹性回缩，胶原质和弹性蛋白经过一段时间会被破坏和断裂，这就是为什么随着我们年龄的增长皮肤会松弛和出现皱纹的原因。

在真皮内有毛囊，即毛皮根部的小囊泡，每根毛发都从表皮层的毛孔中穿出。立毛肌能使每根毛发竖立起来。真皮层尚有皮脂腺，能分泌皮脂使皮肤湿润及防止水分散失。还有汗腺能维持正常体温和排除一些体内的废物。

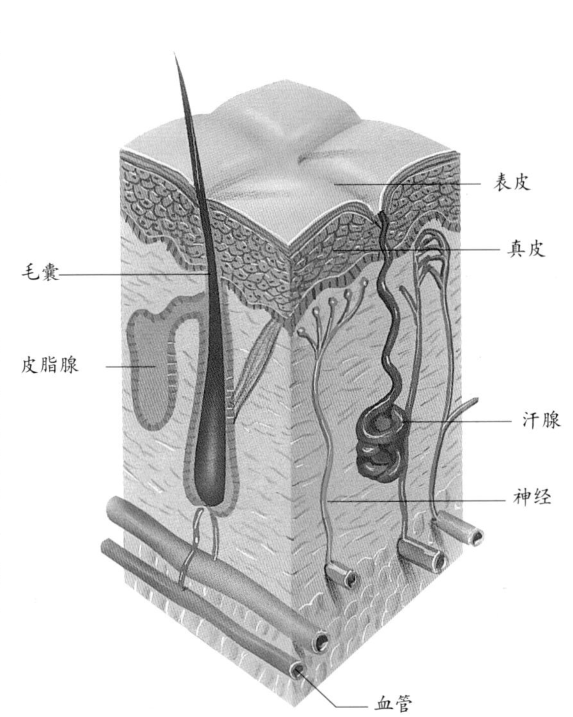

皮肤是如何工作的

皮肤细胞是从表皮的最底层开始向上生长的，当接近表面时细胞死亡、变平，而成为皮肤的最上层（角质层），也就是我们所看到的样子。

死亡的细胞不断脱落，例如当你冲洗皮肤或皮肤与衣服摩擦时，每天都要丢失了无数个细胞。这些细胞将由表皮底部移行上来的新细胞所代替。一般皮肤细胞从新生到死亡脱落的更替周期为21—40天，但随着年龄增长，周期将变长。

1

饮食

皮肤是机体内在健康的外部反映，因此你所食入的任何东西均会影响皮肤的外观。健康、平衡的饮食能像增强身体其他器官的功能一样增强皮肤的功能。营养不良的饮食能减少皮肤的血流和氧气的供应，降低抗感染的能力，延长治愈时间及引起皮肤结构甚至肤色的改变。

促进皮肤健康的饮食

没有哪一种单一的营养素就能使皮肤富有光泽。许多的维生素和矿物质能使皮肤更健康，因此平衡饮食显得相当重要。当然，一些重要的成分数量应充足：

■水是首要物质，它能营养皮肤、保湿、排泄细胞废物。如饮水不足，机体会脱水，并表现在皮肤上。一般建议每天喝6—8杯水。假如你经常运动或饮用大量的咖啡、茶或酒精等作用相当于利尿剂（提高尿流量）的饮料，就必须多饮水以使机体保持最佳水平。

■抗氧化的营养素如维生素A、C和E等，对皮肤健康有决定性作用。有充分的科学证据表明抗氧化物能延缓衰老的进程，无论是对自然衰老还是过早衰老都有作用。它能保护皮肤免受自由基的不良影响。这种物质出现在污染的空气、烟尘和紫外线的辐射中，以及产生于机体的正常新陈代谢过程中。为了确保足够的抗氧化物，必须多吃蔬菜和水果。

■更多的关于饮食有益皮肤健康的信息，见下表。

有助于皮肤健康的饮食

许多维生素、矿物质和其他营养素都能影响皮肤的健康，但以下所列出的是对你的皮肤健康特别重要的物质。

营养成分	对皮肤的作用	来源
维生素A	组织生长修复所需，可抗感染。长期缺乏可使皮肤干燥、粗糙、凹凸不平及鳞化	肝、肾、蛋黄、奶制品、胡萝卜、菠菜、花椰菜、杏子和桃子
β胡萝卜素	抗氧化物可保护皮肤免受阳光的损害，并延缓衰老	颜色鲜亮的蔬菜、水果如胡萝卜、马铃薯、哈密瓜、杏子及其他的绿叶蔬菜
维生素C	组成和维持胶原以保持皮肤柔顺，帮助修复损伤。抗氧化物还可防止紫外线的损害和防止衰老	柑橘类水果、球芽甘蓝、其他鲜亮颜色的水果和蔬菜，如甜瓜、浆果、马铃薯及卷心菜等
维生素E	抗氧化物可通过降低或抵消自由基活性而延缓衰老，并能使皮肤再水合	油性食物如：小麦芽、菜油、鳄梨、坚果
锌	维持皮脂腺的正常功能，与维生素A共同制造胶原和弹性蛋白	牡蛎、猪肉、火鸡、酸乳酪

饮食与皮肤疾病

有时你的饮食会引起皮肤疾病或加重病情。假如你对某些特殊食物过敏，吃完后皮肤可能会出现斑疹或荨麻疹，一发现这些现象，应立即找这方面的医生或皮肤病专家。特殊食物长期刺激会引起斑点。长期以来人们总认为平衡饮食可以改善皮肤的健康状况，也能改善痤疮——这是错误的说法。

运动

有规律的运动对身体的各个方面都是有益的，不仅可以减少心脏病猝死的危险、降低血压、减轻体重、提高免疫力、缓解压力和紧张情绪、增强注意力和精力，还可使皮肤看起来新鲜、红润。这是由于运动促进血液循环，携带生活所必需的营养和氧气给包括皮肤在内的全身细胞。流汗可以保持皮肤的健康，也是清除体内毒素的一种方式。

多少运动量才足够

假如你不喜欢汗流浃背的感觉或者认为运动太浪费时间和精力，而放弃运动，那么现在就应该重新审视你的健康状况。运动学家最近正在研究，到底多少运动量对我们的身体健康最有益。

■过去人们常认为每周3次，每次20分钟的剧烈运动对各方面的健康都有益。但这种作法已经过时了。虽然20分钟运动量能最小程度地提高心血管适应力，但新的理论认为每周5—6次，每次30分钟中等强度的运动对保持身体健康更有益。

■中等强度运动意味着：轻快的散步、做园艺及任何稍微喘不过气、身体出点汗的事情。不一定非要立即做30分钟的运动。一次10—15分钟的运动也是有益的。

■当然，假如你有另外的目的，诸如减肥或使自己更强壮，你就该做更多的运动并持续更长的时间。否则，30分钟的运动量就只能达到运动的最低限。

■运动不要仅仅局限于半小时的散步或参加健身操课程而其余时间就坐着休息。应抓住每个机会来运动，如走路去吃饭，爬楼梯代替坐电梯，走路逛商场而不是开车去。

1

运用你的想像力

如果运动的想法使你厌烦，可以尝试其他的方法。现在可供选择的范围是相当广的。

■你可以不去练体操或跑步，而尝试一些新的娱乐，如拳击、太极拳、瑜珈或跳舞。

■学会一种运动如壁球或网球，或参加游泳辅导班以提高你的泳技，甚至可以去学潜水。

■不一定非要单调的、刻板的锻炼才会对你有益。只要有可能，你可以找出你感兴趣的又不伤脑筋的锻炼方式。

防护

虽然锻炼对身体及皮肤均有好处，你还需要具备一些防止损伤的常识和做必要的防护。

■锻炼时穿上运动性或支撑性胸罩，虽然没有证据表明运动可致乳房下垂或某种特殊的胸罩可防止它发生，但穿上合适的可支撑的胸罩，感觉更舒适并可防止碰撞。

■选择胸罩时，其杯部不能有接缝，否则持续的摩擦可致乳头疼痛发炎。如果你的乳头还不舒服，可以在运动之前涂上一些凡士林，以防止皲裂。

■穿上适合该运动的鞋袜，并经常换洗以防止真菌感染，如脚癣，或因鞋不适合而引起的鸡眼、胼胝。

■运动时要喝大量的水，以防脱水。

■运动结束时应淋浴冲洗去汗水和灰尘。

■游泳后应立即淋浴以去除氯气及游泳池水中的其他附着物。

■买一些合适的运动服以防擦伤皮肤，例如大腿或背部。

■ 在户外运动可用防晒指数较高的防晒霜。

1

酒精和药物

和其他所有进入你身体的东西一样，酒精能影响全身的健康。最近的研究强调：每周饮少量的酒有助于减少心脏病发生的危险（心脏疾病是当今人们死亡的主要原因之一）。但你在打开酒瓶前应想清楚，酒精对你的皮肤有何影响。

酒精的作用

■酒能夺走细胞生存必需的水分，造成细胞脱水，导致皮肤干燥、脱屑、纹路加深等早衰表现。

■酒精会消耗体内必需的营养物质，包括维生素A、B和E。

■酒精可促进自由基对组织的损伤，影响皮肤的组织结构和外观。

■酒精可使血管扩张，最初可使你面色红润，但喝多了就会影响全身的血液循环，使皮肤细胞缺氧死亡，造成皮肤受损，并增加静脉扩张，皮肤发红、起疱和酒渣鼻等皮肤疾病的发生率（见第74页）。

■酒精能降低食欲，导致营养不良。这使皮肤呈现不健康的灰黄色。

明智的饮酒法

尽管酒精对皮肤有很多的不良影响，如果你喜欢偶尔喝上一点，没有理由完全放弃它。

■对大多数人来说，少量饮酒是很安全的，如一天喝1—2杯，如果大于这个数，不但对防止心脏病毫无益处，还会损害身体。

■与饮酒量一样，不同的喝酒方式影响也不一样。不要把一周积蓄的量都放在周末去痛饮一番。这会加重肝脏的额外负担，增加体内的毒素。另外，酒精对心脏有益的抗凝集作用仅能持续24—48小时，因此间隔消耗将对身体最有好处。

什么时候要当心

饮酒时应特别小心的几种人：

■肝病患者。

■有严重饮酒史的人。

■正在服用可与酒精相互作用的药物的病人。

■司机。

■重型机械或危险机器的操作者。

■孕妇也最好少饮点，虽然最近的研究认为一天一杯不会妨碍胎儿的生长。

■妇女应多加小心。因为女人比男人个头小，并且脂肪比肌肉多，体内的可降解酒精的特殊酶类较少，所以她们更容易受到不良的影响。

药物和皮肤

许多处方药和非处方药都对皮肤很不利，例如：

■抗生素能引起皮疹。

■口服避孕药和激素替代疗法可使皮肤出现光敏反应，暴露在阳光中会使皮肤出现不正常的色素沉着。

■有些人对药物的外膜、胶囊的着色剂或药品附加物的过敏反应更甚于药物本身。

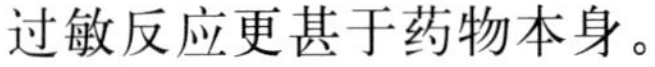

寻找专家的建议

如果你在吃药时出现过敏反应或皮疹，请咨询一下医生或药理学家的意见。当医生给你开好处方后，应询问医生该药是否有副作用，是否对皮肤有影响。

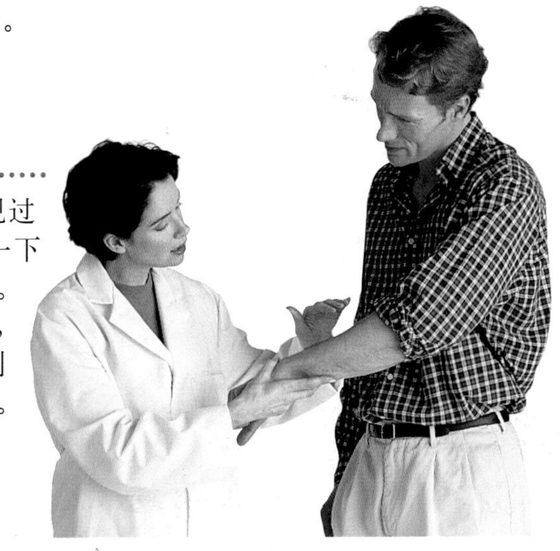

1

吸烟

许多人并非不清楚吸烟所带来的疾病和问题。它包括的范围很广，重则致死（包括肺气肿、肺癌）；轻则影响美观，如呼吸困难、牙齿发黑，但人们也许没有想到吸烟还会影响皮肤。

香烟的烟尘

香烟的烟尘中含有4 000多种化学成分，其中多数对身体有害，其中三种主要的成分对人体的危害最大。

■**尼古丁**是烟草中可致瘾的成分，它可以很快地从肺吸收入血，约7秒后到达大脑，尼古丁兴奋中枢神经系统，使心跳加快、血压升高，它能促进脂肪沉积物附着在血管壁，引起心肌供血的血管狭窄。它还促进血液凝集，导致心脏病突发和中风。

■**焦油**中含有1 000多种化学成分，包括大量刺激性物质和至少60多种已知的致癌物（有激活肿瘤的作用）。抽烟时，焦油沉积在肺和呼吸系统，并逐渐被身体吸收，使肺癌、口腔癌、鼻咽癌、喉癌、食管癌、膀胱癌、胰腺癌和肾癌的发生率增加。

■**一氧化碳**置换血红蛋白中的氧气，使血中输送到全身各处的氧气减少，使组织缺少维持细胞健康的氧气。

吸烟者的自助行为

■最好是戒烟，越早戒烟，皮肤看起来越好，虽然戒烟并不能消除已经造成的伤害，但可以延缓衰老的进程，使皮肤看起来更年轻。

■假如你继续吸烟，应增加富含维生素C的食物摄入量，包括吃大量的蔬菜和水果或补充维生素。

■被动吸烟也可损害皮肤。尽量避免呆在有烟的环境中，制止人们在家里抽烟并创造一个无烟的工作环境。

1

吸烟和皮肤

对比吸烟者和不吸烟者的皮肤，大量的科学研究都得出令人震惊的结果。

■皱纹：反复的分析表明吸烟者比不吸烟者的皱纹多得多。把每天吸20支的吸烟者和不吸烟者相比，皱纹的深度和明显度是后者的5倍，另外的研究证实吸烟者更早出现皱纹，大约比不吸烟者早约20年。还有许多理由说明它们之间的差异，抽烟可破坏皮肤的胶原纤维和弹力纤维，使皮肤不结实，失去弹性；持续的抿着嘴唇和斜视香烟，导致吸烟者的嘴唇、眼睛及前额的线条加深。

■皮肤的颜色和结构：对吸烟者皮肤的影响不仅只是起皱纹，他们的脸色会变灰黄或苍白，并常因鼻子和脸颊的毛细血管破裂而使血管较易显现，这些是由于抽烟损伤了血液循环。吸烟者的皮肤像暴晒的人一样增厚，似皮革样，这仍然是由于胶原纤维和弹性纤维断裂的缘故。

■皮肤癌：吸烟者的皮肤鳞状细胞癌的发生率增加，且治疗后复发率高。通常吸烟者术后伤口愈合较慢，这可能是尼古丁收缩血管，减少组织血供的结果。

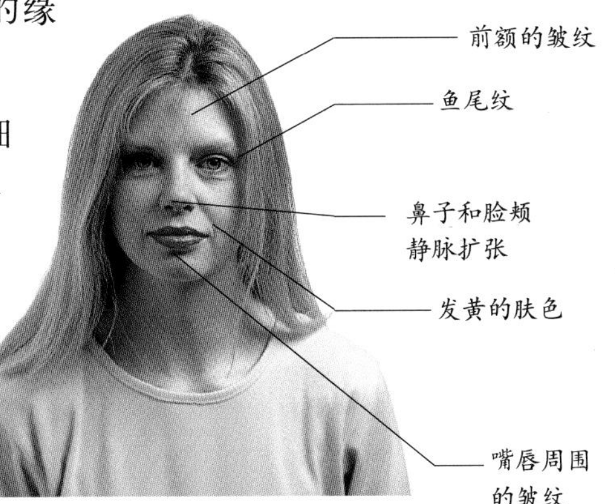

吸烟的其他危害

吸烟的其他不良影响可以反应在皮肤上：

■吸烟损害呼吸能力，然后抑制血液循环，并使皮肤细胞的氧气丧失。

■吸烟增强了有损伤皮肤作用的自由基的活力。

■吸烟可消耗掉对健康皮肤有重要作用的营养素——维生素C，据统计一根香烟大约能破坏25毫克的维生素C。维生素C缺乏的迹象，吸烟者大约是不吸烟者的2—3倍。

气候和环境污染

吃进体内的东西可以影响皮肤的健康，而外界的因素同样对皮肤有深刻影响。气候和环境，包括日益严重的污染，会造成皮肤的损坏。根据温度和其他天气条件的变化，需要调整皮肤的护理：适合于某个季节的护理程序或护肤品，对于其他季节的护理可能没有效果。

炎热的天气

阳光对皮肤的危害已得到很好的证明（见第6部分）。太阳的射线会破坏皮肤的组织结构，提早出现皱纹、雀斑、肿块，严重的可导致皮肤癌。夏天，湿度增加使人体油性分泌物增多，加重了痤疮等问题，同时，汗液的不规则分泌也可引起痱子。

对阳光和炎热的防护

■保护皮肤免受阳光的损害，最好的办法是避免日光浴和其他不必要的暴露。

■使用的防晒霜防晒系数至少要达到15，尤其是在脸部。寻找具有防晒、保湿、基础护理多种功能相结合的护肤品，而不要在每天需要时分别准备。

■遮住裸露的皮肤，戴上帽子，穿上浅色长袖的上衣和长裤。

■洗温水澡以保持清凉。

污染

环境污染，例如香烟的烟尘、汽车的尾气和烟雾，使体内产生的自由基增多。自由基被认为能刺激胶原和弹性纤维断裂而损伤皮肤细胞，从而加速皮肤衰老的进程。

空气中的污染物附着于皮肤，影响皮肤的正常保湿水平，导致皮肤干燥、不协调，或堵塞毛孔，引起污点、污斑。

抵抗污染

■抗氧化物能阻断机体自由基的活动，因此在饮食中应增加富含抗氧化物的食物（见第11页）。

■很多的护肤品含有抗氧化物成分，如维生素A、C、E。虽然它们是否真能渗透皮肤细胞及能作用多长时间尚有待讨论，但如果你能承受得了它的费用并找到一种适合你皮肤的产品，那就值得一试。

■晚上应彻底清洁皮肤以洗去沉积的灰尘和污垢。

寒冷的天气

气温下降，皮肤变得更加敏感，冬天里寒冷的天气、刺骨的寒风使皮肤更容易皲裂。低温使人体血流缓慢，皮肤代谢迟缓，到达细胞的氧气减少。

这就意味着在寒冷、多风、潮湿的天气里，皮肤会变得干燥、破裂、脱屑、有紧绷感。脱水使像湿疹一样的皮肤疾病进一步恶化。室内外的温差太大使皮肤的血管破裂加重或加重酒渣鼻（见第74页）。

冬季保暖也会带来另一方面的一系列问题：开着暖气，盖厚的被子或电热毯，把窗户关得很紧，都可使皮肤脱水和早衰。你可能会发现眼角起皱纹，皮肤浮肿。

寒冷天气里的皮肤护理

■尽量少用取暖设备，必要时多穿外套。

■在电暖炉或热源附近放一杯水，或买一个空气加湿器以保持空气潮湿。

■避免使用电热毯或其他被褥加热器，这些东西在睡眠时会使你的体温升得太高。

■晚上开窗让新鲜空气进来。

■穿数件宽松的衣服比穿紧身的好。紧身衣服会阻碍血液循环，且贴身的纤维会刺激皮肤。

■冬天应进行有规律的锻炼以促进血液循环。

■大量喝水以防止脱水。

■使用好的润肤霜，尤其是在外出时。

1

心理压力

心理压力通常出现在当你处于焦虑，紧张和压力较大的状态。虽说生活需要点压力才能使你发挥最大的作用，正常水平的压力可让你对生活充满热情并释放你的创造力，激励你去开发自己的潜力，但过重的压力可导致健康问题，并过多地表现在皮肤上。

只要一点点，不要太多

如果你想在极短的时间里做许多事，你就会操劳过度。这就是矛盾所在。当你处于紧张状态，为了提高工作能力，身体就会发生某些变化，主要表现在释放“战斗或逃跑”的激素，如肾上腺素、去甲肾上腺素和肾上腺皮质激素，它们可使机体保持青春活力。

心理压力对机体的影响

机体的功能	影响
心率	加快
呼吸	变快变浅、呼吸道扩张
血管	皮肤和内脏血管收缩

减少对咖啡的依赖，它会增加心里不安。多饮清水对你的皮肤更有益。

心理压力的影响

一旦心理压力解除，你的身体就会恢复到正常状态。假如你的身体持续处于准备工作状态而没有恢复，就会危害身体健康。

■心理压力过大的短期表现为疲劳、失眠、易激惹和记忆力减退。

■有时，你会发现你比平常更容易咳嗽、着凉，这是因为你的免疫系统功能降低。

■头痛或偏头痛、背痛、心悸、哮喘、高血压、肠易激综合征、心痛和消化不良等其他众所周知的症状明显增多。

■你可能会失去幽默感，变得毫无“性”趣和神经痉挛，最后你可能都不想再活下去。

1

心理压力和皮肤

长期的心理压力引发的许多生理的变化会很强烈地影响皮肤。

■当你精神紧张时，会释放激素，使血管收缩，循环血量减少。血管内血供减少则导致皮肤干燥、脱屑，易受刺激。

■紧张时你的呼吸变浅变快，血流中携带的氧气减少，皮肤的供氧也随之减少。假如这种紧张状态持续太久，你的皮肤会变得灰白，缺少光泽，且前额、眼睛和嘴唇周围会出现僵硬的皱纹。

■像湿疹、银屑病之类的皮肤病，虽然精神紧张不是引起它们的首要原因，但会使这些疾病加重，有些人发现紧张时皮肤会冒出斑点。

如何缓解心理压力

虽然在生活中不能完全解除心理压力，但有些技巧可以使你停止紧张的生活，并变得更有效率。

■留一点时间给自己，每天只要抽1小时去洗个澡、读一本书或散散步，以减轻紧张程度，选一些要求不高的事情做做，最好是快乐的事，而不是家务活。

■学会合理安排时间，如果你想做得更多，请降低你的期望值。

■学会拒绝。如果没必要，就不要去做。

■注意饮食。多吃新鲜的水果、蔬菜及低脂、高纤维素食物以确保营养齐全。

■保证睡眠充足。但不要太多，否则会让你早上的行动迟缓。

■运动可使你头脑清晰，消除引起紧张的激素和释放使机体感觉良好的激素——内啡肽，运动还可以促进血液循环，有益于皮肤健康。

■学会一种放松的技巧。尝试做一下深呼吸、想像、沉思或包括特殊呼吸技巧的一种瑜珈术。

■按摩以放松紧张的肌肉。

■专业的心理压力管理课程或讨论能够给你提供一个诉说“什么困扰你”的机会，并帮助你找出如何解决生活中问题的方法。

睡眠

我们都有过因睡眠不足而影响容貌的经历。睡眠不足可使皮肤看起来暗淡无光、苍白、粗糙，且留下浮肿的黑眼圈。但睡眠紊乱对皮肤造成的危害比通常人们所认识的要严重得多。

睡个好觉

虽然晚霜和洗面奶能够在睡前改善你的皮肤，但晚上睡好觉仍然很重要。机体需要多少睡眠是因人而异的，通常7—9个小时就足够了。如果你难以入睡，请试试以下的方法：

■检查你的饮食。你是不是刚开始或停止饮用咖啡、茶或碳酸类饮料，太多的咖啡因会让你一直清醒着，直到咖啡的效力退去。

■就寝前抽烟会影响睡眠习惯。戒烟也会在短期内干扰睡眠。

■众所周知，酒精可以帮助睡眠，但喝得太多又会使你早醒或整个晚上难以入睡。

■体育运动能放松身心和提高睡眠质量，但应避免临睡前进行激烈的活动，否则可能会因精力旺盛而难以入睡。

■如果噪音干扰你，考虑用厚的窗帘、双重窗户或隔音设备。

■睡觉前洗个热水澡。

修复和更新

关于睡眠可能的目的和作用有许多不同的理论。其中较普遍的观点是：睡眠的首要作用是帮助机体进行自我更新，并修复清醒时发生的正常的生化、生理过程中造成的损伤。另一种理论认为：睡觉能明显地帮助机体贮存能量。睡觉时，你的代谢率和体温下降，新陈代谢水平大约降到白天平均水平的10%—25%。当然，其他的研究表明至少在皮肤方面，夜间修复细胞的代谢活动是最旺盛的。

■夜间皮肤修复细胞的代谢活动是最活跃的。一项研究发现：睡觉时，细胞分裂促进皮肤再生，血细胞和脑细胞的细胞分裂增加约2—3倍，至凌晨1点达到顶峰。而在清醒时就不会有这种情况，原因是我们的能量必须运用到其他活动中。

■夜间垂体分泌机体细胞修复所需的生长激素。如果晚上我们是清醒的，肾上腺素和去甲肾上腺素的刺激作用与生长激素的修复作用恰好相抵触。即使在白天我们补睡一觉，生长激素的缺乏意味着皮肤同样不能修复。

认识到睡眠在皮肤健康中的作用，化妆品厂商很快生产出一系列晚霜以帮助夜间皮肤再生。这也就是他们通常建议夜间要用与白天不同的护肤品的原因。

改变姿势

不仅仅只是睡眠的多少影响你的气色，睡觉的姿势也可能损坏你的皮肤。

大多数人晚上睡觉时用同一种姿势，虽然我们花了很多时间睡觉，但总是喜欢保持最舒服的姿势。这就意味着漫漫长夜里总是脸部的一侧受压。这可能会在这一侧引起更多更深的皱纹，尤其是在前额和脸颊。虽然在你看来也许并不明显，但皮肤病专家通常能判断出你喜欢哪一侧睡觉，尤其是用放大器检查皮肤时。

打破这种习惯并不困难，上床时或晚上醒来时变换姿势，或训练每晚定时翻身，还有一些人特意仰卧以免影响皮肤。你可以使用光滑的枕套以避免纤维刺伤皮肤，或者使用柔软的枕头以免压力太大。

职业病

上班族长时间在室内工作，经常处在对皮肤健康不利的人工环境中工作。这种工作环境含有特殊的职业危害因素——从化学因素到计算机屏幕——它们能增加皮肤过敏或其他皮肤刺激。

干燥的空气

首先是缺乏新鲜的空气。从家里、汽车到办公室，你可能持续地处在人工的气候里，享受着冬日里的中央暖气和夏日里的空调。这种控制温度的方式能够带走空气中的湿气，导致皮肤干燥和脱屑。

局部的危害因素

一旦在你的工作空间中，你的皮肤将暴露于许多潜在的危害物质中，如香烟的烟雾、粉尘、影印液及其他的强化学物质。就像皮肤变脏及蒙上灰尘一样，也会引起皮肤的过敏反应。

某些职业与特殊的皮肤疾病有关。众所周知，持续在计算机显示屏前工作能引起脸部皮肤干燥、潮红和刺激，这是屏幕热作用的结果。航班工作人员的皮肤、眼睛和嘴唇比较容易干燥，这是由于机舱里脱水的环境造成的。工作中接触有害化学物质的人，例如理发师、建筑工人或汽车维修工，很容易患诸如皮炎之类的皮肤病，尤其在手和手臂。

改善你的环境

要改变工作环境是较难的。但以下的方法可能有帮助。

■在温暖的办公室，如果可能的话应将温度调节器关小。

■请求在暖气或中央空调附近安装一个空气加湿器或装水的敞口容器。

■争取每天花一点时间进行户外活动。午餐时间做短暂的散步也有帮助。

■戴上手套以保护你的手免受有害物质的伤害。

■避免坐在可释放化学性物质仪器附近，如打印机。

■给你的计算机显示屏装上保护屏。

■使用计算机时应经常定期休息。

一生的皮肤

你的皮肤在不断地发生变化。每天都有新的皮肤细胞产生，旧的细胞死亡和脱落。此外，随着年龄的增长，你的皮肤也在不断地变化。这就意味着在你人生的不同时期，皮肤的表现也不一样。由于皮肤本身的变化，有些疾病在某段时间会比较常见。了解了一生中皮肤所要经历的阶段，有助于你平静地面对皮肤所发生的变化，并在出现皮肤问题时有所准备。由于皮肤在不断地老化，因此不同时期它的需要也是不一样的。这就意味着你要根据你的年龄调整皮肤的护理程序。

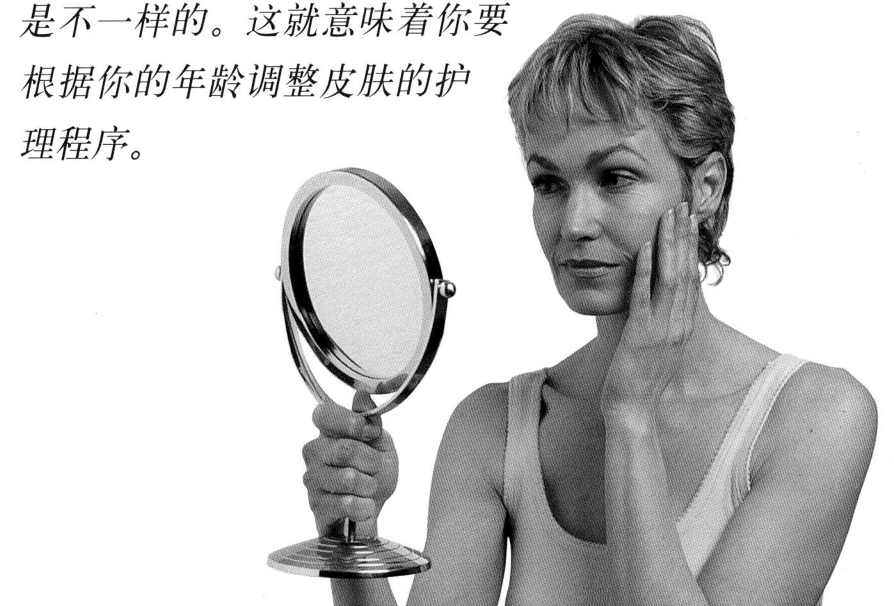

婴儿的皮肤

我们经常谈论婴儿的完美肌肤，刚洗过澡的婴儿的细嫩香滑的皮肤是那样的无与伦比。但绝大多数刚出生婴儿的皮肤并不都是光滑无瑕的。在婴儿出生后的第一个月期间，皮肤要忍受各种类型的伤害和刺激。

婴儿早期的皮肤

■刚出生婴儿的皮肤通常由洁白光滑的皮脂覆盖，它可以在子宫内保护胎儿的皮肤。当该皮脂层褪去后，你也许会发现大斑点、压痕、瘀伤或擦伤，这些可发生在宫腔里或出生的时候，尤其是在难产时，一般它们很快会褪去。

■在出生后的第一周里，婴儿的皮肤将会脱落一点，尤其是过期产儿。这通常会影响到手和脚，但很快得到改善。

■在这时期，婴儿的鼻子和脸颊周围出现一些白色或黄色斑点是很正常的。这是由于皮脂腺过于活跃的结果，可能是部分母体激素残留于婴儿的血液中造成的。通常这将在婴儿出生后两周内得以清除。

■偶尔这些腺体还很活跃，会产生少量的痤疮，通常新生男婴较女婴常见，但较容易治疗。

婴儿皮肤的护理

婴儿的皮肤免疫体系仍在建立，所以极易受到外界因素的攻击。这就是要对婴儿皮肤进行特别呵护的重要原因。

■针对婴儿细嫩的皮肤使用一些特殊配方的香皂、清洁剂和香波。

■如果你的婴儿有皮肤病或者是干燥、敏感的肤质，选择简单无味的香皂。

■针对高度敏感的皮肤，请你使用香皂的替代品，或请教你的医生或药剂师给予指导。

■清洁剂会刺激脆弱的皮肤，尤其是对那些已破损或发炎的皮肤。选择非生物制品以减少来自床褥、尿布和衣服对肌肤的刺激。

常见问题

婴儿的皮肤在子宫里被保护得很好，但出生后它一旦与外界接触就显得很脆弱，要忍受触摸、揩拭、洗澡、干燥和各种各样的温度变化，所有的这些都可以导致皮疹和其他的皮肤疾病。

疾病	治疗
尿布疹 婴儿皮肤中最易感的是夹尿布的区域，细嫩的皮肤持续浸在潮湿的环境中，遭受尿液、粪便的刺激，从而导致尿布疹。该症状的具体表现从皮肤的潮红到炎症如脓肿、脓点等轻重不等	保持皮肤的清洁干燥是防止尿布疹的关键因素。经常换尿布，擦干皮肤并涂上防护霜或油膏以防止潮湿。这些防护霜也能减轻皲裂。只要有可能，尽量将孩子的皮肤多暴露在空气中
热疹或痱子 一小块凸起的红色斑块，尤其是在腹部和背部。新生儿无法有效地调节体温，因此他们很容易太热。过多的衣服、炎热的天气、衣服和被单的摩擦，都能引起皮疹	脱掉一些衣服，降低房间的温度。搽一些爽身粉都有帮助
特发性湿疹和乳痂 这些疾病将在“常见的皮肤问题”中讨论	

2

注意

假如你的宝宝没有明显原因地出现皮疹，请立即寻找医学帮助。如果你的宝宝看起来不舒服或昏睡，应及时与医生联系，因为有时孩子出现皮疹可能是严重疾病的症状，如脑膜炎。

成长中的儿童

随着孩子的成长，皮肤将会变得更强健，更不易受外界的有害影响，虽然对环境因素的过敏反应数量仍然相当多。影响成长中儿童的皮肤的难点很可能在于不断增加的感染和寄生虫。

感染

随着年龄的增长，儿童越来越活跃，这意味着他们会时常跌倒在粗糙的地板上而造成割伤或擦伤。虽然他们自己受点伤是小事，但会增加感染的机会。

这是因为皮肤是一道防御屏障，它将保护我们免受病菌的侵扰，如细菌、病毒和真菌，这些我们日常生活中经常接触的东西，假如屏障被破坏——皮肤被烧伤、刮伤或割伤——这些病菌就很容易进入机体。

这也就是为什么皮肤的卫生对成长中的儿童显得那么的重要。割伤、擦伤或其他使皮肤发生破损的任何伤害，都应该用温和的消毒剂认真清洗，并保持伤口的清洁和干燥。当你怀疑孩子受感染时应去看医生。

感染的征象

如果你注意到你的孩子出现任何感染的迹象，请咨询医生。如：

- 割伤或擦伤一直无法愈合。
- 在伤口的周围出现充血或疼痛。
- 疼痛或不舒服持续超过1—2天。

2

寄生虫

一旦孩子开始到游乐场或学校，他们就会定期接触更广泛的人群，这就使得寄生虫很容易在个体间传播，并传遍整个群体。

病原	症状	治疗
头虱 它是最常见的影响儿童的寄生虫。这些靠吸人血为生的小昆虫，紧附在靠近头皮的发上并孵卵，数量相当多。它们和个人卫生无关——虱子甚至喜欢清洁的头发。它的传播靠亲密接触	虱子本身看起来很不明显，但你近看时可看到白点，那就是虫卵，附着在头发上。虱子可引起发痒的小红点，它也一样不明显。只有儿童抓痒时才出现一般的迹象。搔抓可引起其他的皮肤疾病，如炎症、传染、脓疱疹	使用防头虱的香波或洗剂治疗能很快杀死虱子和虫卵。询问医生、药剂师以决定选用何种产品。为了避免头虱产生耐药反应，通常每一年推荐的杀虱子的产品都不同。要遵循说明书的指示，因为这些产品可能有危险。也可以在洗发之后，用致密的细齿梳不断地梳理头发，以除去虱子及虫卵。这种方法需要重复进行
疥疮 这也是儿童中很常见的一种寄生虫，由一种很小的螨引起的，叫做疥螨。它可以在皮肤里打洞，并孵卵。疥疮具有强传染性，并通过身体的亲密接触传播	疥疮可引起剧痒、疱疹，大部分出现在手、脚、颈部和腹股沟。因为儿童会搔抓皮肤，引起结痂和疼痛	许多杀虫剂都是有效的，但你要按照说明书认真执行。这些治疗可以杀死螨虫，但瘙痒可能还要持续约1周或更长。用热水清洗你的孩子所有的草席、衣服，以杀死任何残留的螨虫

青春期

当孩子进入青春期，即10—15岁时，皮肤开始发生很大的变化。机体的性激素如睾酮、雌激素剧增，并释放入血。它们对皮脂腺有明显的影响。在激素的刺激下，原先一直静止的腺体变得异常活跃。

2

过度活跃的腺体

■皮脂腺在前额、鼻子、脸颊和下巴分布较多，当腺体分泌过度时，皮脂通过皮肤的毛孔排到表面，脸部就会油光发亮。

■青春期的皮肤质地也会发生改变，尤其是男性青年，它会变得更粗糙。由于皮脂腺对雄性激素更敏感，男青年更易于长痤疮。

■女孩在青春期较不容易长痤疮，这部分是由于雌性激素的作用，它能减少油脂的分泌。然而，在排卵期或在月经期或之前，她们的皮肤会变油且易长痤疮，这是由于在这期间雌激素水平下降的缘故。

■青少年的头皮也会变油，这是由于激素对该部位皮脂腺的作用。

■腋窝和腹股沟的顶泌腺开始变得活跃。这在儿童期是无功能的汗腺，到青春期才有功能，分泌的汗液经皮肤正常菌群的分解，使身体发出臭味。

■由于以上的影响和生活方式的改变，青少年易于出现大量的皮肤疾病。最常见的是痤疮和真菌感染，如脚癣。

顶泌腺

腋窝和腹股沟的特殊汗腺，即顶泌腺，从青春期开始活跃

伸展纹

尽管伸展纹更常与妊娠联系在一起，但也是青少年常见的特征。男青年主要见于背部、臀部和大腿，而女青年见于胸部、臀部、大腿，偶见于上臂。这种伸展纹与激素产生过多或体重增加过快有关。它们很难看，也没有办法人为地消除。确切地告诉你的孩子：这种伸展纹过一段时间会消退并变得不明显。

青春期皮肤护理的技巧

在青春期多数人都很注重自己的身材和外貌，这对于护理皮肤和养成良好的健康习惯是一个理想的时期，具体如下：

■一天用适当的洗面奶洗两次脸。油性皮肤的青年更应选用与他们的皮肤类型相适应的产品。

■平衡饮食，包括大量的水果和蔬菜。没有明显的证据表明哪种食物会加重痤疮，但健康的饮食可以改善皮肤的外观并减少皮肤疾病。

■每天用除臭剂或防汗药洗一次澡或淋浴一次。

■尽量经常洗头发。每天使用香波既不会损害头发也不会使头皮变得更油。许多牌子的香波和护发素都是可以经常使用的。

■有规律地进行锻炼，可以改善皮肤的血液循环和皮肤疾病。

■避免使用浓的、油性的化妆品。市场上有许多无油的护肤品，有皮肤问题的青少年应选择这类产品。

■晚上应卸妆，并使用适当的洗面奶。

■切忌挤压青春痘，否则会引起感染且愈合后会留下永久的疤痕。

■如果使用预防痤疮的产品，应涂遍所有累及的部位。

怀孕期

怀孕期间身体发生许多变化，其中多数会影响皮肤。循环血中雌性激素水平，主要是雌酮，高出平常许多。皮肤对这些激素反应非常强烈，并且由此引起的变化是相当迷人的。但妊娠对皮肤的有些影响，例如妊娠纹和色素斑却并不受欢迎。

预期的容貌

有些孕妇发现自己的皮肤看起来比以前更好了，那些残留的痤疮在怀孕的最初3个月里都消失得无影无踪。许多人的皮肤结构变柔软、音调升高、容颜改善了——这就是妊娠的光彩。然而，也有些人妊娠时的皮肤变得稍微有点干燥，使用润肤霜或沐浴液可以改善干燥的状况，分娩后皮肤又恢复原样。

色素沉着

黑素细胞——皮肤产生色素的细胞，对妊娠期的雌激素也是敏感的。

■许多孕妇的色素沉着并不明显。然而，有些肤色较黑的妇女可在鼻子、脸颊、前额出现暗棕色的色素沉着，称为“黄褐斑”或“妊娠面斑”。暴露于阳光中可使它加剧。这是由于激素和阳光联合刺激黑色素，在皮肤表现为黑褐色的色素斑。

■通常黄褐斑在分娩后会褪色，但并不总是完全消失。所以，明智之举是避免日光过度的照射，外出时涂上防晒霜。

■色素的改变也可以发生在身体。许多妇女从外阴到肚脐中央有一条黑色的线，医学上称为“黑线”。乳头的颜色也可以变黑，尤其是原先肤色较黑的妇女。

■这些色素沉着的变化在分娩后都可以褪色或消失，但也许需要一段时间。

伸展纹

■大约75%—90%的孕妇出现皮肤条纹或伸展纹。这是由于真皮层（皮肤的较底层）弹性的散失、减弱以及胶原束的断裂。

■伸展纹第一次出现是呈鲜红凸起的线，宽6—12毫米。然后变成紫色，最后变平、褪色形成灰白的、闪亮的压迹。

■它们通常出现在胸部、腹部、臀部和大腿这些生长很快的区域。

原因

怀孕期为什么会出现伸展纹有两种可能的原因。一种是大量的激素释放，使皮肤的蛋白分解、迁移，胶原束断裂，皮肤变薄如纸。另一种原因是怀孕期体重增加，这使皮肤的压力增加，胶原束过度伸展直至断裂。

能避免出现伸展纹吗

没有办法可以说清在妊娠时谁会出现伸展纹，而谁不会。据说皮肤弹性好的妇女可以避免出现，或某种少数民族人群不易出现伸展纹，但没有任何证据表明上述的观点是正确的。

据说多种的面霜和润肤水有助于防止伸展纹，但并没有明显的证据。在妊娠的早、中期，除了保持体重外，几乎没有别的办法来避免伸展纹。

治疗

如果你已经出现伸展纹，皮肤弹性就不会完全恢复到原来的样子，条纹也不会完全消失。但它们会逐渐消退，至半透明，甚至很不明显。然而，有些治疗措施仍然值得采用，虽然效果不一定可靠。

■有报道说维A酸（一种治疗痤疮的药），可能对治疗正在发红的新的伸展纹有帮助，但怀孕期间使用该药是不安全的，因为它可能会引起胎儿的缺陷。

■皮肤病专家有时用激光治疗伸展纹。同样，这最好是用于新的正发红的伸展纹的治疗。在有些情况下可以充填部分的凹陷处和改善皮肤表面结构。然而，总的效果是有限的。

中年

当你到了30岁，皮肤开始出现岁月的痕迹，诸如细小皱纹、干燥、稍微失去弹性和韧性。有的变化你无法控制，但你可以采取许多措施将年龄对皮肤的影响控制到最小。

皮肤老化的两种类型

■有些皮肤变化是本身固有的。这种老化的现象是自然的，是细胞自身的生物学变化过程。各个人机体老化的方式和速度主要取决于本身的基因。虽然我们不能避免自身的老化，但是如果在生活中注意皮肤护理并采取积极预防措施，可以延缓衰老或将不利影响降至最小。

■另一种老化的类型是外在的，或者由外部因素引起的——你完全可以加以控制。包括环境的影响，如日光照射、你对皮肤的保护方式，以及你的皮肤每天所遭受的正常的磨损。甚至面部的表情、睡觉的姿势、身心的健康等因素，多少都会影响皮肤的老化。

老化的皮肤

随着我们渐渐变老，皮肤发生最主要的变化之一是变得更干燥。这是因为皮脂腺（分泌油脂的腺体）数目减少，同时女性的雌激素水平下降。因此皮肤既不能保湿，又不能有效防止水分从皮肤表面蒸发。日光的照射、寒冷、风及居住处干燥，或有中央暖气，都可以使皮肤的干燥加重。这些影响对油性皮肤的少年和青年来说很不明显，因为他们的皮脂腺分泌仍较旺盛。有些人会发现他们的脸颊和嘴唇周围很干燥，而其他部位很油，这种皮肤称为混合性皮肤。

检查不同之处

假如你不相信外界因素对你皮肤的影响，可以比较臀部、手臂内侧和脸部、手背的皮肤。臀部、手臂内侧的皮肤较少受日光照射通常很光滑且有韧性，而其他部位通常有斑点，这部分的皮肤可能更厚、弹性更差，并有皱纹。这些显著的差别就是外界因素对皮肤的影响。当然，良好的皮肤护理可以将影响减到最低。

静脉扩张

什么是静脉扩张

步入中年后，你通常会发现在脸颊和鼻子周围出现红色的小血管，通常称为静脉扩张。但医学上称为毛细血管扩张。这种毛细血管的持续性扩张，明显地表现在皮肤上。这些可能是由于风、寒冷、日照、酗酒或皮肤的疾病等引起，如酒渣鼻（见第74页）。

预防和治疗

静脉扩张常用激光、电解及硬化治疗（指在小血管中注入硬化剂以使其萎陷），使静脉血流向别处。这两种治疗都有效，但如果你有静脉扩张的倾向，过一段时间将会复发。为了减少血管破裂的发生率，在外出时要涂上防晒霜，或者使用好的润肤霜以保护皮肤免受恶劣天气的影响。

2

中年时期的皮肤护理

如果你在青春期已进行过良好的皮肤护理，那么现在最好再重复一次。

■买一种好的润肤霜，并日夜使用。由于现在皮肤日渐干燥，所以你需要比过去更多的皮肤护理程序。

■试用眼霜或凝露。因为眼睛周围的皮肤比较脆弱，并且皮脂腺很少，所以眼睛周围经常最先出现皱纹。

■假如你的皮肤晦暗和脱屑，可使用去角质霜，如α-羟基酸产品（见第48—49页）。它能帮助去掉沉积在皮肤表层的死亡细胞，使皮肤更光滑亮丽。

■注意防晒。减少日光浴，外出时涂上高防护的防晒霜。

老年

更年期之后（通常指45—55岁），女性的雌激素分泌显著减少，引起对雌激素高度敏感的皮肤发生变化。老年人的皮脂腺持续减少，使皮肤变得干燥且薄。真皮层弹性降低，弹性纤维的结构被破坏，皮肤塌陷，出现皱纹。另一方面，随着年龄的增长，早年遭受日晒的痕迹重新出现。具体表现从皱纹到色素沉着，如老年斑或色斑和皮革样粗糙的结构。

胶原质的遗失

更年期之后的10年中，雌激素水平的下降将使胶原质的水平下降约30%。胶原质是皮肤的支架，它支撑着其他组织和血管，使皮肤连在一块。当它减少时，皮肤便失去弹性和韧性，变得松弛、起皱纹。如果长时间的日晒，影响将更明显，因为太阳可破坏老化的胶原束，使胶原束断裂，削弱单个的胶原纤维。因此日晒的时间越长，越容易有皱纹，并且出现的时间也比有防晒的人早。

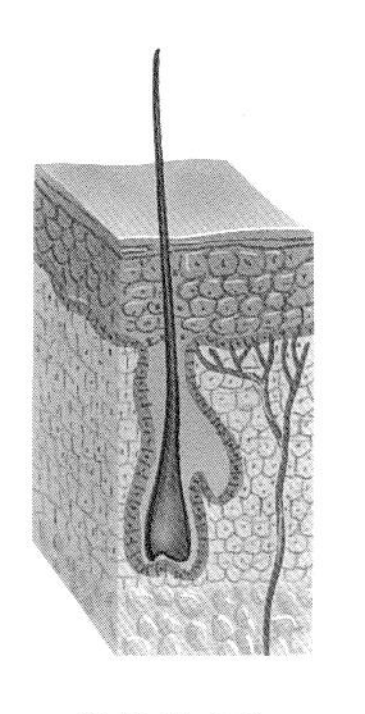

年轻的皮肤

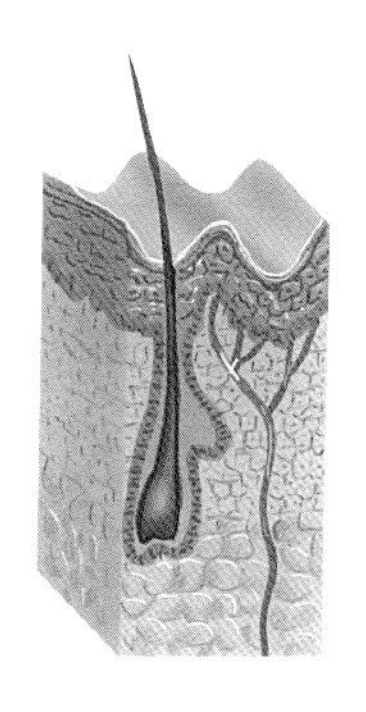

年老的皮肤

延缓修复

年轻的皮肤，细胞的更新时间是21—40天。随着年龄的增长，细胞的再生速度变慢，更新的速率降至原先的一半。随着皮肤表面细胞的增加，皮肤变厚、粗糙，并出现干燥的斑点。细胞延缓修复的另一个负面影响是老化的皮肤愈合延迟，尤其是很老的时候。割伤、擦伤及轻微的伤害在年轻时愈合得很快，而现在变得相当慢，尤其在小腿表现得更显著。在这种年龄，这个区域的皮肤表现得更为脆弱。这可能是由于老年人的血液循环不良，血液难以克服重力的作用回流至心脏，造成皮肤供血减少。老年人缺乏锻炼通常会加重循环不良。

变化的面孔

许多老年人的脸看起来和年轻时完全不一样，这主要有两种原因：

■一个原因是年龄。大量的皮下脂肪持续地减少。皮肤厚度的减少和弹性的丧失，使皮肤明显塌陷及皱纹加深，尤其在嘴周、鼻旁、脸颊及下巴的皮肤。

■另一个原因是在50—60岁时，骨质加速丢失。这种正常的老化过程主要表现在脸部的皮肤。脸部骨头的收缩使皮肤从下面的肌肉开始折叠起来，重力的作用将皮肤往下拉，并使下巴下垂。你就开始出现皱纹，尤其是脸部活动较经常的地方。

皮肤的检查

老年人，尤其在60岁左右，皮肤癌是很常见的。你必须定期检查皮肤或叫其他人帮忙检查。你应很快熟悉自己正常的皮肤，以便能够知道它的变化。

■提防伤肿、撞伤、色素沉着或新的痣产生。

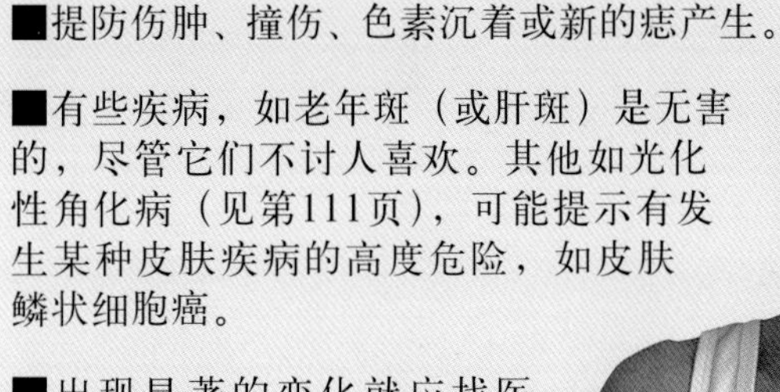

■有些疾病，如老年斑（或肝斑）是无害的，尽管它们不讨人喜欢。其他如光化性角化病（见第111页），可能提示有发生某种皮肤疾病的高度危险，如皮肤鳞状细胞癌。

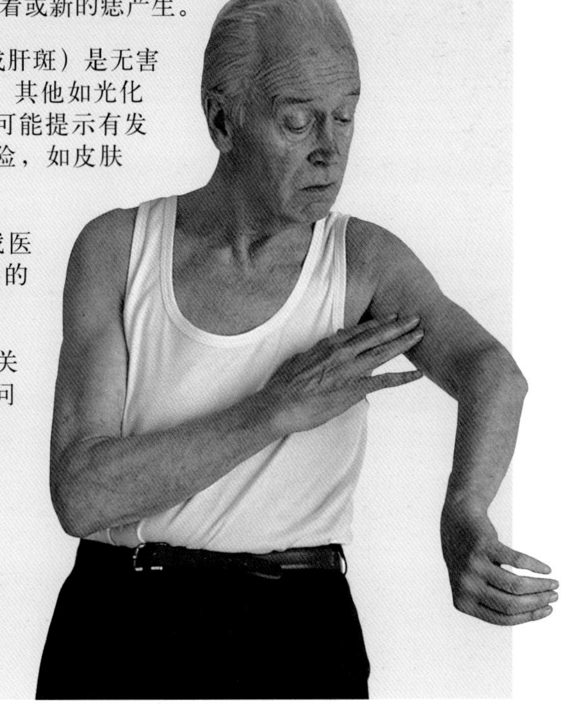

■出现显著的变化就应找医生，以便能很快进行必要的治疗。

■关于皮肤的变化与癌的关系的相关信息见“日晒的问题”部分。

老化皮肤的保养

因为老年时机体会发生许多变化，因此改变皮肤的护理方式也是相当重要的。此外，你必须注意到生活方式对皮肤的影响，如运动、饮食和吸烟。请记住，你的皮肤疾病可能会反映你的全身健康。

关于皮肤护理的五点建议

1 老年的皮肤较干燥，应日夜使用润肤霜。不要忘记对身体皮肤的滋润，尤其是小腿，因为该处的皮肤特别敏感。

2 非皂类洗液或清洁膏可以帮助减少脸部和机体水分的丢失。

3 保护你的皮肤免受太阳的损害尚为时不晚。老年人的皮肤较薄，因此更脆弱，外出时应用高防晒系数的面霜。如果头发较少，外出时也应保护头皮。在秃头的地方涂上防晒油，并戴上帽子或围上头巾。

4 当你年老时，可能会比较怕冷，因此你可能会将房间的温度升高。为避免皮肤脱水，最好在空气中放置加湿器或在热源旁边放一碗水以增加房间的湿度。

5 锻炼可以促进血液循环，延缓衰老。即使是每天绕着房子散步一小会，也能促进血液流动，将氧气和营养物质携带到身体各处的细胞和组织。

皮肤护理

在过去的十多年里，皮肤的科学护理已发生很大的变化。不久前，多数人还认为肥皂和水对任何人、任何类型的皮肤都有好处。现在，各种化妆品厂商五花八门的产品和药品让我们无从选择，最重要的还是选择一个适合你及你的皮肤类型的护理方式。这需要试验，即使发现一种很好的产品，也要根据季节、你的年龄及全身健康来决定。当你有选择地进行皮肤护理时，你的皮肤会变得更好。

评估你的皮肤

皮肤有5种基本的类型：中性、油性、干性、过敏性和混合性。了解自己皮肤的类型以决定皮肤的护理方式有助于让皮肤保持最佳的状态。你的皮肤类型很大程度上取决于你的遗传基因、激素的水平及生活方式。但由于皮肤是活跃的器官，它的需要会随着季节、年龄而改变。年轻时的皮肤类型也许和年老时的不同。因此间隔一段时间要回顾一下皮肤的状况，以便对皮肤护理程序作必要的调整。保护皮肤免受强日光的照射对任何类型的皮肤都是适用的。

中性皮肤

拥有中性皮肤的人是很幸运的，因为皮肤光滑、幼嫩。没有一个区域是太油或太干的，也不会有斑点等问题。它普遍存在于儿童当中，而成人少见。

中性皮肤的护理

■使用适合的护肤品进行彻底地清洁，每天至少一次。

■选择淡妆的润肤霜。

■外出时涂上防晒霜，以防日光的损害。

油性皮肤

青春期激素水平增加及皮脂腺大量产生导致油性皮肤。这时皮肤富含油脂、毛孔粗大、油光满面并易出现斑点及痤疮。油性皮肤的好处是出现皱纹的年龄较迟，因此看起来比较年轻。

油性皮肤的护理

■使用专为油性皮肤配制的清洁剂。

■不要过度清洁或试图去除油脂，因为这会刺激皮脂腺分泌。

■清洁后用一些皮肤调理素或收缩水以收敛粗大的毛孔。

■使用专为油性皮肤设计的淡妆润肤霜。

■出现任何皮肤问题都要尽早治疗，包括突发的斑点等。这能防止疾病进展。

■外出时使用非油性的防晒霜。

干性皮肤

干性皮肤有脱屑的倾向，并易于皲裂，它的毛孔很小，且清洗后有紧绷感。它很容易出现早衰的迹象，如皱纹。它很少出现斑点，但可能很容易发痒或受刺激。

干性皮肤护理

■如果用肥皂清洗后有紧绷感，请改用非皂类的清洁剂。

■使用高度保湿的润肤霜，尤其是在干燥区，晚上要用保湿效果更强的。

■假如清洁后你喜欢用收缩水，避免使用含酒精的，因为会太干。

■尽早使用眼霜或眼露。

■外出时应涂上高防晒指数的防晒霜。

过敏性皮肤

与干性皮肤相似，过敏性皮肤容易出现血管扩张及对化妆品、花粉的刺激出现过敏反应。通常脸颊呈粉红色。恶劣的天气可能会使皮肤问题恶化。

过敏性皮肤的护理

■选用低敏、无味的护肤品以减少有害反应的机会。

■脸颊选用高度保湿的产品以防止血管扩张。

■避免使用收缩水和柔肤水。

■外出时使用高防晒指数、低敏的防晒霜。

混合性皮肤

这恐怕是最常见的皮肤类型，尤其是在老年人。脸部的中心区域——前额、鼻子和下巴，都较油及结构比较粗糙，脸颊比较干燥或正常。混合性皮肤偶尔会出现斑点。

混合性皮肤的护理

■使用非皂类产品以防止干燥区更干和避免刺激皮脂腺。

■干燥部位使用润肤霜。如果需要，油性部位可用淡妆的化妆品。

■油性部位试着使用一些收缩水或调理素以改善皮肤结构。

■外出时涂上防晒霜。

全身清洁

保持全身的清洁并不难，也无需太多的时间和费用。关键是定期冲洗或沐浴及使用适合的护肤品。许多人喜欢每天冲澡或淋浴，但是如果你有良好的个人卫生，就不一定必要。最重要的是如何正确地清洁全身。

选择洁肤品

身上的皮肤总体上比脸上的皮肤结实，且皮脂腺少，较少出现油腻，因此可以使用和脸部不同的洁肤品，这里有较大的范围可供选择。如果你有皮肤疾病，如湿疹或过敏，可以咨询医生，以选择适合的非皂类的产品。

洁肤品的类型

身体洁肤品	特征	皮肤类型
肥皂和水	便宜有效。许多人没用肥皂便没有清洗的感觉，肥皂有很大范围的品种可供选择	含有保湿成分的肥皂用于干性皮肤。抗菌肥皂用于肩胛、胸背部，以预防污点及恶臭。低敏、无味的肥皂适用于过敏性皮肤
沐浴乳和沐浴泡沫	包含中性温和的清洁成分，产生的泡沫有助于清洁皮肤	适用于正常或轻度油性的皮肤。对干性和过敏性皮肤可能有害，并且它们所含的香味可能具有刺激性
淋浴油	含有保湿成分，且水面上有油滴飘浮	建议干性皮肤使用。它们在皮肤表面形成一层薄膜，以保护皮肤，防止蒸干
沐浴盐	加上这种盐能帮助保湿、减轻疼痛、放松肌肉或消除皮肤异味	假如你居住在硬水地区，它能软化水质并防止皮肤变干

产生泡沫

清洗时，让浴巾或海绵和洁肤剂一起使用，可以产生丰富的泡沫。这种按摩的作用可以帮助去除难以清洗的灰尘和污垢，但同时也会引起轻微的脱皮，带走成片的皮肤细胞。不要用力摩擦，否则会擦伤皮肤。定期清洗浴巾，不用时应保持干燥。海绵用后也要清洗且保持干燥。选用天然的或合成的海绵，天然的海绵较贵但比较耐用。

身体的保湿

一种强效的护肤液或润肤霜可使机体远离干燥。尤其是年龄增大或皮肤丢失自然的油分时更应该使用。护肤液适用于油性皮肤。润肤霜较油，适用于干性皮肤。有些保湿护肤品所含的成分可使皮肤逐渐地脱屑。假如你的皮肤有过敏倾向，避免使用味道较浓的产品，以免出现皮疹或炎症。

沐浴的技巧

■如果你的皮肤干燥，避免用太热的水冲澡。因为这会加重干燥程度，且高温能促进静脉的扩张。

■沐浴时间避免超过20分钟。因为长时间泡在水中会加速机体的脱水。

■沐浴乳或泡沫会留在皮肤表面，最好全部清洗干净，否则会使皮肤变干。

■仔细擦干全身，尤其是隐匿处和夹缝，如脚趾之间。这有助于防止出现脚癣或其他由于潮湿环境而蔓延的真菌感染。

保湿的方法

1 身体仍然湿的情况下用毛巾擦干。

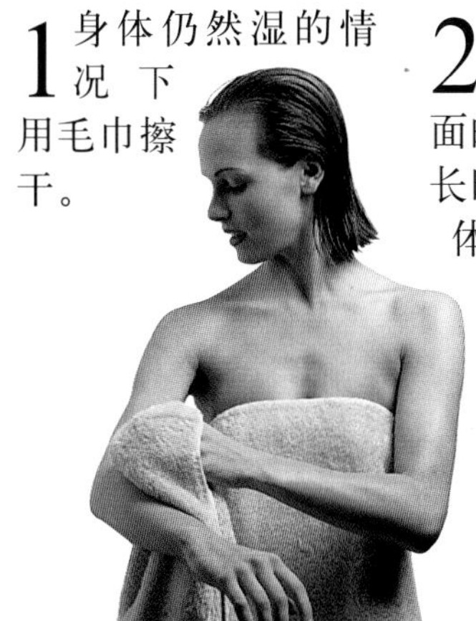

2 全身擦上保湿霜。在皮肤尚未干时涂上保湿霜，以锁住皮肤表面的水分，保持皮肤柔软、光滑。长时间进行有力的抚摩和按摩肢体，能够促进血液循环。你不必全身都涂保湿霜，但必要的部位要用，如小腿、上臂、肘部和大腿等易干燥的部位。

脸部清洁

合适的洁肤剂可以清洁脸部而无刺激，并能改善皮肤，这主要取决于你所选择的产品。在全身所有的洁肤剂中，最重要的是使用适合你的皮肤类型的面部洁肤品。

选择洁肤液

除了含肥皂与不含肥皂的洁肤液外，还有油性洗洁剂、泡沫洗洁剂等许多洁肤液可供选择。有的要用水洗去，有的需要用纸或棉垫擦掉。

■适合的产品应是清洗后皮肤既不会干燥紧绷，也不会油腻。虽然找到它有一定的难度，但仍然值得坚持尝试，因为适合的产品会令皮肤焕然一新。

■不要过度清洁脸部，对多数人来说，早晚各清洁一次就够了。如果你的皮肤很干或你化妆很淡，晚上或仅在早晨清洁一次就行了。

清洁眼部的化妆品

■使用工作专用的化妆品。一般的清洁剂通常都不适合或不能安全用于眼睛周围的皮肤。

■可用液体、润肤霜、凝露及吸水的海绵清除眼部的化妆品。有的清洁剂是专门设计用来清除不吸水的化妆品，如睫毛油等；有的是用于戴隐形眼镜者的眼周皮肤清洁。检查一下选择的产品是否正是你需要的。

■清除眼部化妆品常用的方法是：用湿的棉球或棉纸，沿着眼皮周围和睫毛，轻轻地擦拭。这可以将化妆品溶解，并由棉纸带走。

■你可能要重复3—4次，直到没有化妆品的痕迹。眼部的皮肤非常脆弱，应避免牵拉和摩擦。

脸部清洁剂的类型

大多数的脸部清洁剂作用方式都一样，包括一些作用和清洁剂一样的油脂，它们可带走灰尘、皮肤分泌物和化妆品。油脂和清洁剂的比率变化是根据该产品用于哪一类型皮肤来决定的。用于油性皮肤，则清洁剂的含量较高，而用于干性皮肤，油脂的含量要更高。

脸部清洁剂	特征	皮肤类型
肥皂	可能仍是最常用的清洁剂。过去很多肥皂都是干性和粗糙的。现在肥皂可适用多种类型的皮肤	标有柔和和中性的肥皂，适用于多数的皮肤，但过敏性肤质应选用低敏的肥皂。偏油性和附加润湿成分的肥皂能够保湿，最好用于干性皮肤，透明的甘油肥皂适用于油性皮肤
清洁乳剂	多数所包含的油性成分可溶解皮肤的油脂，去除污质。它们只要涂在皮肤上并擦去，而无须清洗	特别适合于非常干的皮肤或过敏性皮肤
洁面剂	主要有凝露、洗剂或霜剂，像肥皂一样遇水产生泡沫后用水清洗干净	专门设计适用于不同类型的皮肤。可能对干性皮肤更好，因为清洗后没有紧绷感
洁肤皂	不含肥皂的洁肤皂可以去除污质而不会去除天然的油脂。它们的使用与肥皂相同，产生泡沫后清洗干净	如果使用普通的肥皂感觉太干，建议使用这种产品
抗菌的清洁剂	去除皮肤的正常菌群，减少皮疹的发生机会	适用于有斑点的油性皮肤。它们呈干性并较粗糙，因此仅用于痤疮或有痤疮倾向的皮肤

3

脸部的特殊护理

作为日常的皮肤清洁程序的补充，尚有其他的产品和技巧对护理皮肤大有裨益。有的如润肤霜，需要每天使用；其他的，如面膜或脸部蒸汽浴，偶尔使用即可改善皮肤。

脸部保湿霜

保湿是使皮肤保持年轻的重要环节。选择正确的保湿霜和选择清洁剂一样重要，可使皮肤大为改观。保湿霜的首要作用是在皮肤表面形成屏障，防止水分的丧失，使皮肤光洁、细嫩。有些保湿霜含有能减少皮肤表面细小皱纹的有效成分，能防止环境对皮肤的损害（如污染等），并能使皮肤表层的死亡细胞脱落。许多保湿霜是低敏的，能减少过敏反应的发生率，且有些包含具有防晒作用的成分，因此不必使用两种不同的化妆品。

选择保湿霜的技巧

■选择适合皮肤的保湿霜。皮肤越干燥，选用护肤品的保湿成分要越强。

■若你是混合性皮肤，在油性部位使用的保湿霜应比颊部的少。

面膜

面膜不常用，但可去除死皮，光滑皮肤。据说有的可以保湿，甚至减少皮肤色素。面膜在很短的时间内就发挥作用，但持续时间不长。有的面膜要清洗，而有的要撕掉或擦掉。有的面膜所含的有害成分可刺激皮肤，因此用在脸部之前应在手臂试用一下。

面膜的使用技巧

■面膜对油性皮肤可能更有用。一周使用1—2次，可减少皮肤表面的油脂，改善皮肤的组织结构。

■干性皮肤最好减少面膜的使用次数。

■眼睛周围不要使用面膜。

收缩水

关于收缩水——通常指调理素或爽肤水——的好坏有许多争议。某些皮肤病学家和医学美容专家建议用点收缩水。其他人则认为除了对油性很重的皮肤，否则该产品不一定必要。是否要使用收缩水只是个人的喜好问题。收缩水主要用于脸部的油性区域。它通常包含酒精、金缕梅或铝。它们能够去除清洁后残留于皮肤表面的污垢，并使皮肤表面绷紧，改善面部变粗的毛孔。

收缩水的技巧

■如果你的毛孔粗大，使用收缩水可使它缩小。

■如果你是干性皮肤，而又喜欢清洁后用收缩水的冰凉感觉，请选用不含酒精的收缩水。

眼霜

眼睛周围的皮肤很脆弱且皮脂腺很少，并由于它没有多少弹性，因此它最早出现衰老的迹象，如细纹和鱼尾纹。眼周的化妆品常用霜剂或凝露，因为它们比较容易使用，同时它们也能够保湿，减少细纹，消除眼周浮肿及黑眼圈。

蒸汽

蒸汽是清洁皮肤有效又便宜的方法。它可促进皮肤血液循环使皮肤更亮丽。如果你进行面部的专业护理，蒸汽是面膜前的必要步骤。蒸汽特别适用于油性皮肤和易长痤疮的皮肤。由于它会出现血管扩张，使皮肤颜色加深，因此并不提倡用于干性皮肤及过敏性皮肤。中性肤质或油性皮肤，一周可用蒸汽1—2次。干性皮肤使用蒸汽最好一周不要超过一次。

1 在家里使用蒸汽熏脸，应像往常一样先清洁面部，然后倒杯2升已沸过但温度有所降低的水在碗里。

2 俯身靠近碗，保持脸与热水距离至少20厘米，在头和碗的上方罩一条毛巾以锁住上升的蒸汽，保持这种状态最多5分钟。

3 用温水洗脸后轻轻擦干，然后涂上面膜或平时用的润肤霜。

抗衰老药物

化妆品厂商最主要的发展领域之一就是研制抗衰老的产品。过了青春期的人们热切地希望能有一种产品使他们看起来更年轻，能去除皱纹，消除多年来日光照射的损伤及逐渐减少衰老的痕迹。虽然这类产品的广告难免有夸大之嫌，但研究表明某些产品确有作用。虽然结果并不像人们所要求的那么神奇，但定期使用以下的产品可以使皮肤大为改观。

AHAs（α-羟基酸）

现在到处都有AHAs，从昂贵的高级化妆品到一般的产品。AHAs存在于天然酸中，由牛奶、甘蔗、苹果等物质产生。依靠它的力量，它们发挥轻到中度的脱皮作用，这可以帮助疏通毛孔，去除皮肤表层的死亡细胞，使皮肤的组织结构和外观更光滑。AHAs也可以刺激皮肤的细胞再生，使皮肤更年轻。在皮肤病学家的手里，AHAs能发挥更大的作用，皮肤变得富有弹性，并促进胶原和弹力纤维的生长。在清洁之后，涂保湿霜之前用AHAs，每天约1—2次。

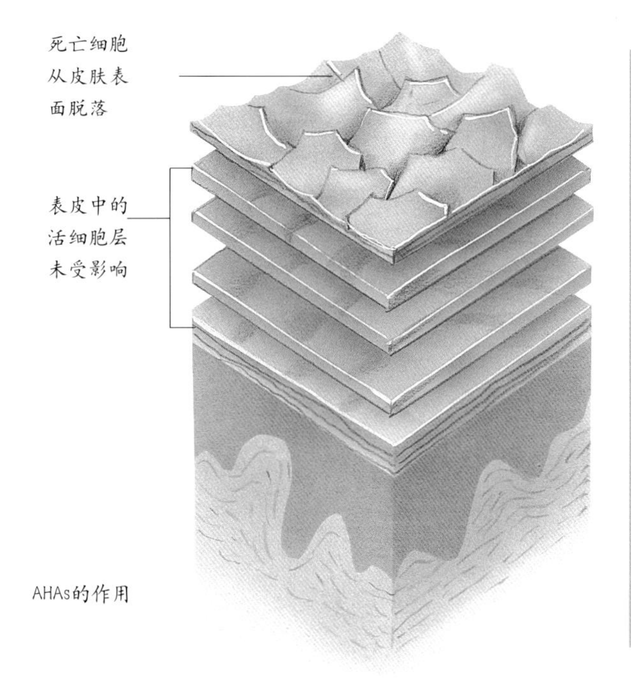

AHAs的作用

注意

■使用AHAs要小心，因为它们可导致皮肤发红、刺痛、脱皮及发痒。这些副作用都很短暂，并在正常使用时消失。

■AHAs能使你的皮肤对日光非常敏感，因此在外出时应使用高防晒指数的防晒用品。

BHAs（β-羟基酸）

果酸BHAs的结构与AHAs有轻微的不同，但效果相似。有些研究表明AHAs的脱皮效果更好，BHAs对皮肤的刺激很小，所以较少引起干燥、脱屑。果酸BHAs在非处方药物中较少应用，但市场占有量却在逐渐地增加。

维生素面霜

富含维生素的饮食可以促进皮肤的健康，护肤品厂商认为把维生素涂在脸上也可以改善皮肤。皮肤病学家和护肤品公司对以维生素为主的产品的态度是不同的。主要的争议在于这些主要成分是否可以渗透进皮肤的深层并刺激胶原和弹力纤维产生。如果不能，它们就没有抗衰老的作用。你可以试用一两种产品看看是否有效果。维生素A和C常用于抗衰老的化妆品。

■维生素C的产品用于去除眼周的褶子，减少皮肤皱纹，使皮肤更坚韧、富有弹性。

■视黄醇，维生素A的一种衍生物，据说可修复损伤的胶原，使皮肤强健，同时还可减少皮肤的损伤，光洁皮肤，去除皱纹。

维A酸

维A酸是维生素A的衍生物，很长时间被用于治疗痤疮。它能减少皱纹和早衰的迹象，如不正常的色素沉着，粗糙的斑点和皮肤干燥。与AHAs一样，维A酸也能引起皮肤的脱屑、剥脱。它的作用比AHAs更强，有些证据表明它可以渗入深层皮肤，促进胶原组织的再生，使皮肤更坚韧，富有弹性。

维A酸的作用

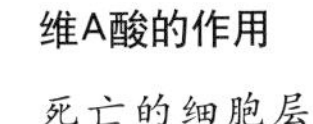

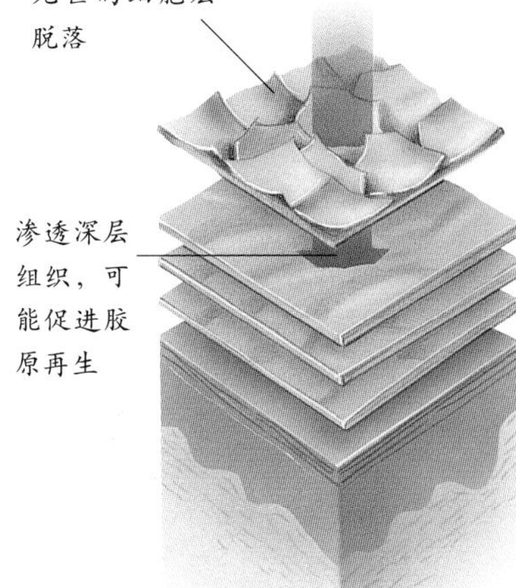

■维A酸只有在处方中使用。一般是每天晚上使用，持续约3—6个月，然后每周用几次。

■起先可能会出现脱屑、轻微发热和发红。可以减少使用次数，过段时间这些作用就会逐渐消退。

去死皮

所有去死皮的产品，都是为了促进累积在皮肤表面的死亡细胞的脱落，使皮肤更年轻、光滑、亮丽，同时也能防止污斑的产生。因为去角质霜可以防止死亡的皮肤及皮屑堵塞毛孔。

谁可以用去死皮的产品

这种逐渐脱皮的方法可用于面部皮肤滋养，也可用于全身以改善皮肤的结构。大多数的皮肤都能从某种的去角质霜中受益，但重要的是正确使用，而不是太经常地使用去角质霜。与AHAs和维A酸每天都用的使用方法不同，去角质霜每周使用1—2次即可。

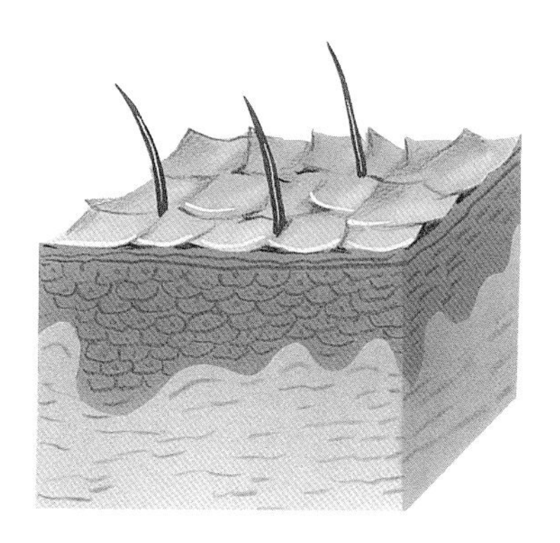

脱落前，皮肤粗糙呈鳞片状

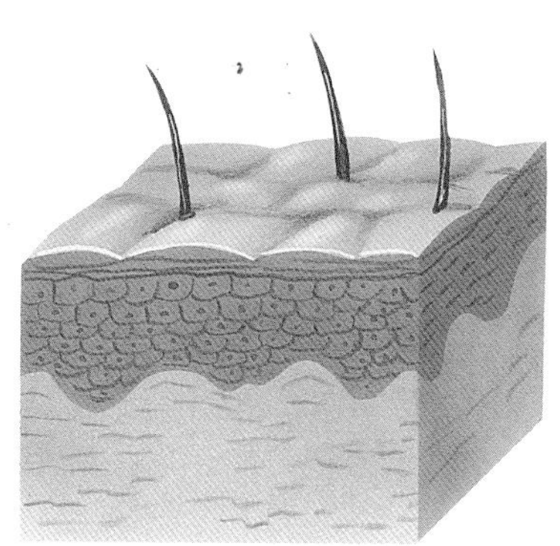

脱落后，皮肤光滑亮丽

注意

■假如你的皮肤很干、脆弱或很敏感，应慎用去角质霜，有的能使皮肤更干，并持续很久。

■假如你是油性皮肤，你也许会发现去角质霜刺激皮脂腺，使皮肤更油。

■无论你用何种方法，都应轻柔，任何地方都不能用力摩擦。

■不要在皮肤脆弱的地方使用去角质霜，如眼睛下面。

■如果你的皮肤很薄，且脸上有很明显的血管，使用效果轻微的产品，并要异常轻柔。

选择去角质产品

去角质霜有许多不同的类型，通过物理或化学原理起作用。

■特殊的护肤治疗如AHAs和维A酸，是化学性去角质霜。它们的主要成分是帮助去除皮肤表面的死亡细胞。（见第48—49页）

■清洁颗粒，或含有细小粗糙微粒的擦洗物，是物理性去角质产品。它们通过细小颗粒的摩擦能够去除皮肤表面的死亡细胞。

■物理性去角质霜常用于油性皮肤。

■脱皮垫、丝瓜络或海绵较粗糙，更适合于身体而不是脸部。

■浮石常用于小区域，如肘部、膝盖及脚底。

■一定要选择一种适合你的皮肤的去角质产品。

如何去死皮

去死皮的功效取决于你选择的产品，所以应认真阅读说明书。

■当脸部去死皮时，用一块擦洗物擦洗皮肤，并轻轻地按摩表面。

■不管是用水清洗，还是擦掉残留的擦洗物，都应仔细擦干皮肤。

■有些去角质霜要在皮肤表面扩散，应让它干了才擦掉。它们可能对干性或过敏性皮肤有伤害。

■洗澡时将全身的皮肤弄湿，这时使身体的衰老表皮脱落。最好向着心脏的方向摩擦你的皮肤。

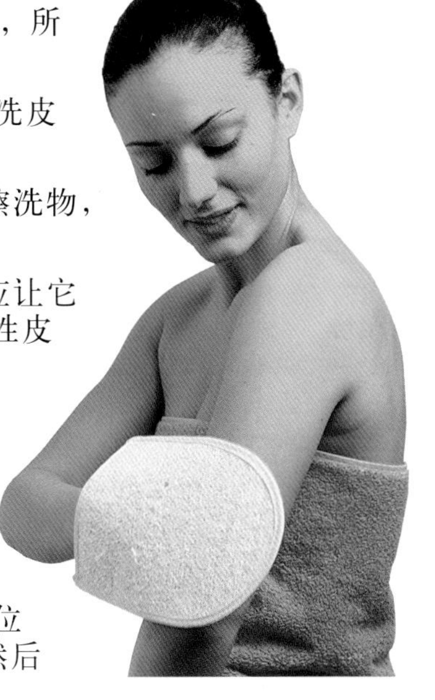

■当用棉垫、海绵或丝瓜络轻轻地擦洗皮肤时，应特别注意肘部、上臂、大腿、膝盖、小腿，因为这些部位的死亡细胞容易沉积形成干性皮肤。然后像平常一样清洗掉。

足部护理

一般人的一生中大约至少要走112 500千米的路。虽然脚要承受这么重的负担，但却是身体中最受忽视的部位——可能是它们很少外露的缘故吧！但脚值得很好地照顾以适应它的工作。护理好你的脚，并尽早治疗疾病，因为脚的疼痛也会使你消沉。

趾甲嵌入

两边的趾甲长得比中间快许多，趾甲就会弯曲，并长入柔软的甲床之下。如果你的鞋子太紧或你的脚有真菌感染，或在剧烈的运动或锻炼的时候，你的脚趾不断地挤压鞋子的前缘，就会加重这种疾病。

■避免趾甲嵌入，最好将趾甲剪成半圆形，并保持趾甲很短。

■穿低跟的宽头合脚的皮鞋，以免夹痛趾头。

■治疗嵌入的趾甲，选用热敷布，并浸泡脚以减轻疼痛和肿胀。

■如果周围的皮肤发红、触痛或者你注意到在这些地方有些分泌物，应去看医生或足病专家。极小的外科手术都可能需要剪去那部分嵌入的趾甲，当皮肤感染时需用抗生素。

足部健康的技巧

许多脚的问题都是由鞋子不适合或卫生太差引起的，以下的提示也许能减少脚部问题：

■买适合的鞋子，应于下午或晚上去买鞋，因为此时的脚最大，可避免买到不合脚的鞋。

■每天洗脚并擦干。

■每天换短袜、长袜、紧身衣，以避免臭味，防止感染。

■正确修剪趾甲，如果你不知道该怎么做，可以向专业人士咨询。

■如果可能，应经常在室内赤脚走路，以便给脚呼吸的机会。

鸡眼和胼胝

鸡眼和胼胝（俗称老茧）是由于不断的摩擦或压力所致的保护性反应，由此引起皮肤增厚、坚硬。通常缘于鞋子不合脚。

■鸡眼是中间带有坚硬的角蛋白的皮肤角化斑，向内压时便会有疼痛。它通常发生部位是脚趾连接处的上表面和脚底，恰好在脚底下。

■胼胝是大的——可能有2.5厘米长，由更厚的死皮斑片组成。最常出现于脚底，尤其是脚跟下方、大拇趾的下方和拇趾囊尖的上方。

鸡眼

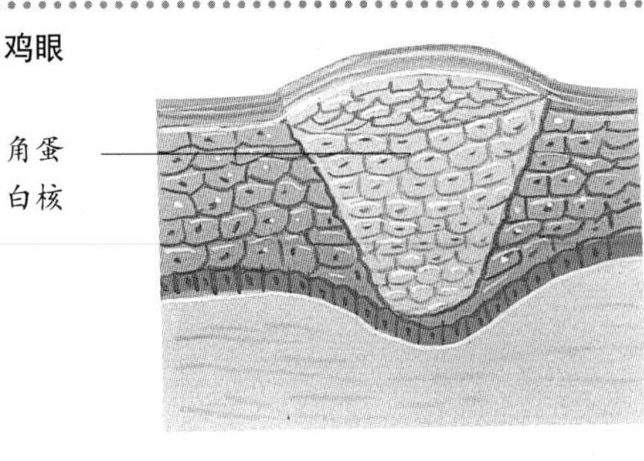

胼胝

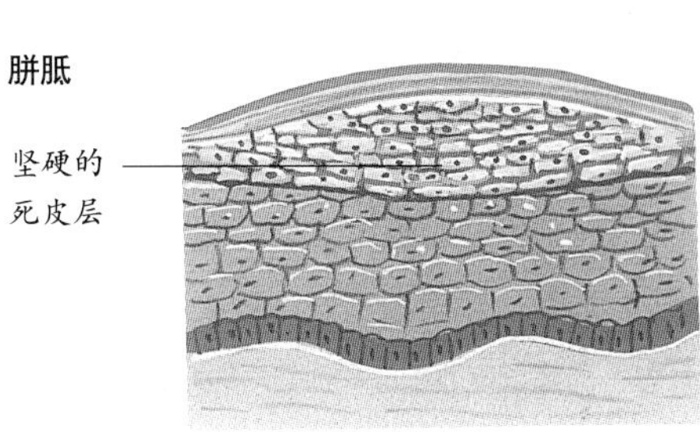

鸡眼和胼胝的治疗

这两种疾病都可以在家里安全地使用药剂师提供的药品。

■在鸡眼上贴一块鸡眼贴或鸡眼膏。这可帮助减少痛处的压力和使鸡眼逐渐愈合。有的浸满药水的鸡眼贴可以缓慢溶解坚硬的皮肤。

■用浮石或特殊的刮刀，慢慢地削去胼胝。液体的胼胝剥脱剂也有助于去除干燥且坚硬的皮肤。

■如果自己治疗失败，可以询问足部护理专家。专家就会用更强的药物或刮刀，去除鸡眼和胼胝。

皮肤干燥

由于足部的皮脂腺很少，所以脚部很干。清洗之后应在脚部涂一些全身或足部的化妆品以保湿，有的化妆品的附加成分如薄荷油，可以帮助放松疲劳的脚，减轻小疼痛。脚霜附加的小颗粒也能使脚部皮肤脱皮。脚部所需的去角质剂要比脸部粗糙得多，所以你可以放心大胆地选择。通常你使用的产品是干的，且能和死亡的皮肤一起擦去，最后全部清洗掉并涂上润肤霜。

特殊的治疗

除了清洁、保湿、去死皮外，还有诸如痤疮、静脉扩张和早衰等需要长时间解决的问题，这些只能找皮肤专科治疗。与脸部拉皮手术和其他类似的外科美容手术不同，这种治疗经常运用局部麻醉，治疗效果与美容药物不同，它的作用是持久的。

化学性角质剥脱剂

化学性角质剥脱剂能够去除皮肤表面不要的或死亡的细胞。剥脱的深度的不同，可有不同的作用，如去除深的线条和皱纹，消除痤疮的疤痕，褪去黑色素、老年斑，使你的皮肤清新亮丽。

这种物质的作用比日常化妆品的作用要强得多。他们通常含酸性基质，并将皮肤表面剥脱到特定深度。这种损伤可刺激皮肤的自然愈合过程，促进胶原的生成和皮肤的再生。由于酸性物质破坏黑色素细胞，有助于漂白皮肤，使皮肤颜色更柔和。

化学性剥脱剂有表面的、中层的、深层的，皮肤科医生会根据你的情况选择适当的治疗方法。剥脱剂需要精心处理，并经常导致皮肤感觉缺失，保留一段时间后应洗掉或擦掉。

注意

剥脱剂会引起刺痛，并能使脸部发痒、刺激、肿胀及渗液直到皮肤愈合。红肿和感染消退可能要数月，然后你才能见到使用后的效果。可能的副作用有：

- 脱色。
- 永久性的光敏。
- 皮肤变薄。

填充剂治皱纹

明显的、深部的皱纹通过非处方的表面治疗（如脱皮剂或化学性剥脱剂）是无法解决的。而需要另外一种治疗方法——即植入法。

这需要另一种物质植入皮肤来充填皱纹。胶原是最常用的，其他的尚包括硅胶，Gore-Tex（一种用于外衣的薄纤维）及来源于自身的如腹部的脂肪。皮肤科医生将选择的物质用很小的针筒注入皱纹或疤痕的组织。皮肤的注射处可能会有很小的红点，但很快便消失。这种治疗方法会产生疼痛，并且有一段时间你可能要避免脸部皮肤的过度运动。

注意

■虽然植入的效果很好，但并不持久。一年中你可能要重复治疗好几次才能维持这种效果。

■可能出现的问题有疤痕、过敏反应、移植物排斥或周围皮肤的炎症。

■有时候，植入物变硬需要取出。

3

激光治疗

激光治疗在皮肤护理中扮演着越来越重要的角色。激光像一把有色光的手术刀，能穿透特殊的组织，近十年在外科手术中发挥着重要作用。不同的激光发出不同颜色和能量的光束——可根据所治疗的疾病不同而选择。激光可去除裂缝而不损伤周围的皮肤，也不会产生新的疤痕。光束穿过被累及的区域，每次的振动都能去除一层表皮。激光治疗的使用范围包括：

■皮肤的问题从痤疮的疤痕、色斑块、胎记到血管扩张、皮肤肿瘤、皱纹和伸展纹。

■代替化学剥脱剂，使脸部皮肤焕然一新。

注意

■激光治疗的疗效取决于治疗本身，但你的皮肤会变红、肿、痛、结痂或暗淡无光，持续数天或数周。

■疗效是不同的——并非所有人都是激光治疗的适合人选。

■当激光打到皮肤上时，你可能会有刺痛。

■短短的几周内并不一定会看到所有的好处。

■在问题解决之前还需要一段时间。

皮肤护理程序

个人的皮肤护理程序取决于自己的皮肤类型及所出现的皮肤问题。下表中关于快速简单的日常护理信息有助于你保养皮肤。

中性皮肤

日常护理程序

■用中性洗洁剂每天洗两次。

■若需要可用不含酒精的收缩水。

■早晚用润肤霜，用眼霜或凝露。

■每天用防晒霜。

特殊治疗

■每周用一两次的去角质产品。

干性皮肤

日常护理

■用清洁乳或不含肥皂的洗面奶每天洗脸1—2次。

■早晚各用一次富含保湿成分的润肤霜。使用眼霜或凝露。

■每天使用高度防晒系数的防晒霜。

特殊治疗

■每周使用一次去角质霜，如面膜。

■选用适合干性皮肤的含AHAs的去角质霜。

■使用保湿面膜，一周不多于一次。

油性皮肤

日常护理

■每天用适合于油性皮肤的洗面奶洗脸两次。

■清洁后使用收缩水。

■收缩后使用轻度保湿剂。使用眼霜或凝露。

■ 每天使用不含油脂的防晒霜。

特殊治疗

■一周用一次去角质霜，如果皮肤易长痤疮避免使用。

■使用适合于油性皮肤的面膜。

■一周做脸部蒸汽1—2次。

混合性皮肤

日常护理

■ 使用非皂类的清洁剂，一天2次。

■ 在油性区域使用收缩水。

■ 保湿，使用眼凝露或眼霜。

■ 每天使用防晒霜。

特殊治疗

■一周使用去角质霜1—2次。

■每周做一次合适的面膜。

常见的皮肤问题

没有人一生中不会遇到一两个的皮肤问题。从短期的小毛病到长期的顽疾，轻重不一。虽然很少危及生命，但可给你的生活带来痛苦，因为皮肤是人们见到你时最先注意的地方，所以皮肤状况不佳会带来很大的痛苦和尴尬。它会引起疼痛和刺激，因此较难缠，有时需要彻底治疗。所幸的是引起皮肤常见问题的原因正进一步明了，更多有效的治疗方法逐渐被应用。如果遇到皮肤问题，不必拒绝咨询或反复看医生或皮肤病专家，因为他们能使你的症状减轻，有时候还可以彻底地治愈它。

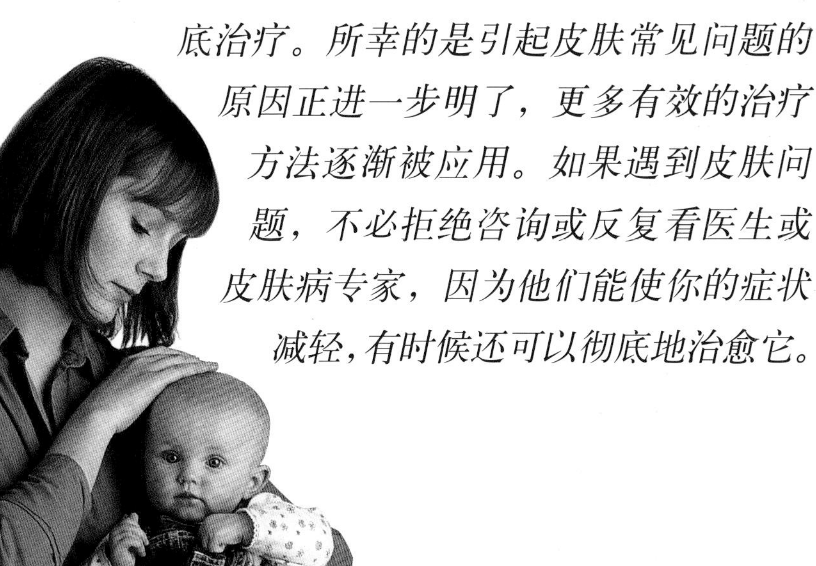

变态反应

你突然打了许多喷嚏，皮肤出现皮疹，胃很难受或鼻子发痒，这些都是变态反应（俗称过敏）。该疾病很常见，我们中至少有1/4的人有这样的经历。

过敏是如何发生的

当机体的防御系统——免疫系统对日常的无害物质，如花粉、食物、动物皮毛或房子的尘螨等反应过度时，就出现过敏反应。

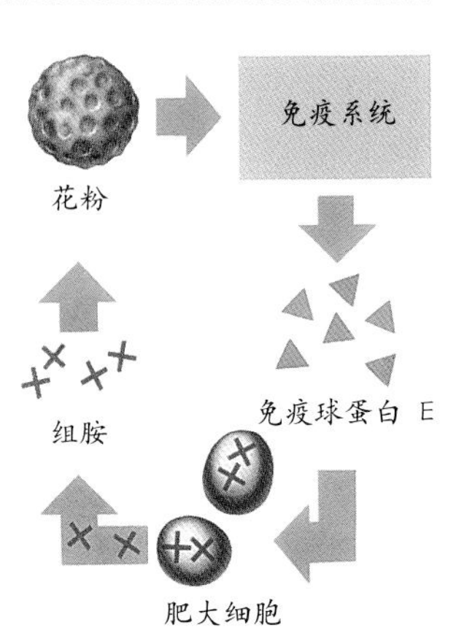

接触这些物质，免疫系统就会产生大量的特殊蛋白（即抗体）叫免疫球蛋白E（IgE）。引起特殊细胞即肥大细胞释放强化学物质入血，破坏“有害”的入侵者，这些主要的化学物质，特别是组胺，引起过敏的一系列症状。

为什么有些人会过敏

许多的过敏有遗传倾向，父母有过敏反应的小孩大约有60%的机会也发生过敏。如何防止过敏反应已进行了大量的研究。有些研究表明儿童时期有一段极重要的时期，免疫系统非常敏感，如果在这个时期接触过敏原，长大后就会出现过敏反应。

你第一次接触过敏原时，通常不会发生过敏的症状。它需要不断地接触，一旦免疫系统认为该物质有害，接下去的每次接触都会发生炎症反应。

皮肤过敏

多数人在生活中都有皮肤过敏的经历。昆虫的叮咬、刺人的植物、化妆品或化学物质、某种食物或某类珠宝都可能引起短期、轻微的反应。它也可能导致长期的疾病，如湿疹。所有这些问题都是由于组胺的作用。当肥大细胞释放组胺入血时，能引起皮肤血管扩张。白色水疱样的斑疹，在过敏中很常见，也如荨麻疹一样，是由于扩张的血管内液体漏出的结果。

过敏实验

如果你怀疑皮肤问题是由过敏引起的，医生就会建议你做一下临床过敏实验。

■最常用的过敏检查法是皮肤试验：将少量的可疑过敏原注入皮下，过敏原就会进入机体。如果你对该物质过敏，数分钟后你的皮肤会变红、发痒、肿胀，中央会出现溃破。

■斑片实验常用于验证过敏性皮肤疾病，如接触性皮炎。可能的过敏原置于附着粘着物的斑片，并将该斑片贴在皮肤上，通常贴在背上。经过一段时间，移去斑片，检查该区域是否出现过敏反应，表明是否由该物质引起接触性皮炎。

■特殊的血液实验也能检测血中特殊抗原的抗体数量。如果怀疑由食物引起的过敏反应，通常能通过排除饮食法找出过敏原（逐渐地、有计划地删除某类食物）。

■过敏不能治愈，因此治疗的目的是为了控制症状。抗组胺药物广泛应用于控制组胺的作用，而润肤剂、润肤霜或皮质类固醇，有助于减轻皮肤的炎症反应。

阻断过敏反应的技巧

■如果可能，防止过敏症状最好的办法就是避免接触过敏原。

■不要抽烟。抽烟可增加过敏反应发生率，对患有哮喘和花粉症等疾病的大人和小孩，暴露于烟中可使过敏反应加重。被动吸烟的婴儿和儿童在日后较容易出现过敏。

■如果可能，你的孩子至少要哺乳 6 个月。喂养母乳有助于防止牛奶过敏及其他可能的过敏。

■尽量保持屋里无粉尘。减少容易聚集灰尘的摆设，如地毯。研究表明特殊的草席和真空吸尘器，有助于去除尘螨——一种常见的过敏原。

特应性湿疹

特应性湿疹——常说的幼儿湿疹（因为它常累及婴幼儿），是一种皮肤过敏性疾病。“特应性的”这个词意味着皮肤疾病与过敏反应之间的联系。估计有1/20的人在生活中会出现这种炎症性皮疹。

如何发生

特应性湿疹的发生并没有明显地接触表面刺激性物质，而是由一些东西消耗而引起皮肤的过敏反应，如特殊的食物，或吸入花粉、屋子的尘螨等。

■成年人也可以累及，但多数发生在婴幼儿，3/4的婴儿在出生的第一年中出现这种皮疹。

■特应性湿疹患者通常易患其他过敏性疾病如花粉症、哮喘，且常有过敏性疾病的家族史。

自我治疗

特应性湿疹即使不用治疗，亦有自愈倾向。但以下方法可减轻不适感。

■羊毛和人造纤维都会刺激发炎的皮肤，所以应尽量穿棉质衣服。

■太热会加重皮肤过敏。降低室内温度，避免穿太多衣服或盖太厚的被子。

■某些食物像牛奶、蛋或鱼，可能会引起皮疹暴发。假如你怀疑某种食物引起该病，应找医生商量，并决定如何避免。

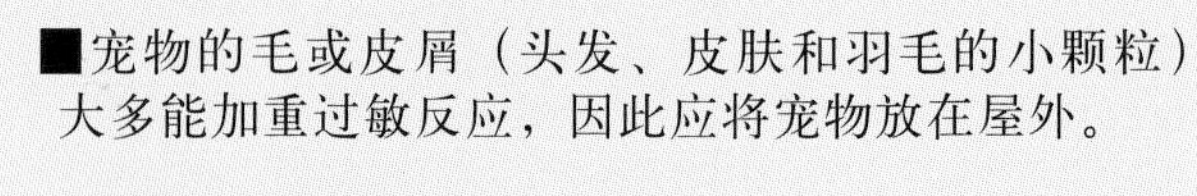

■宠物的毛或皮屑（头发、皮肤和羽毛的小颗粒）大多能加重过敏反应，因此应将宠物放在屋外。

■尽可能减少尘螨。

■经常高温清洗草席。

■避免铺长毛的地毯。

■充分利用真空吸尘器、喷雾并勤换寝具、褥垫等，可以控制现有的螨虫。

辅助药物

有些人发现辅助药物对特应性湿疹有很大帮助，最常用的两种是：月见草油和中草药。

■月见草油包含必需的脂肪酸。它是口服药，对大人、小孩都很安全，服用数月后可改善特应性湿疹。

■中草药对有些人很有用，但有些人也不适合，特别是小孩和孕妇。应听从医师的建议。

症状

■表现从轻度短暂的红斑、发痒到皮肤长期干燥、脱屑、红痒和肤色不健康。

■刺激性的皮疹通常出现在脸上，在脸颊留下刺痛和渗液。即使到处都有皮疹，脸部也是影响最坏的部分。

■由于皮肤剧痒难忍，婴儿会将脸在枕头上摩擦或用手指、指甲搔抓皮肤，随着孩子的长大，出皮疹的皮肤将会变干、硬且有很明显的刮痕。疾病从脸部开始，并可能影响肘部和腘窝，然后出现在腕部和脚踝。

■皮疹通常在4—5岁时消失，但少数的儿童仍然持续不退。

治疗

治疗并不能使该疾病痊愈，但治疗措施可能会减轻不适感。

■润肤剂可以滋润干燥、皲裂的皮肤，并能代替某些天然的油脂。可用它来代替刺激性强的肥皂。

■类固醇类霜或油膏，首次出现于20世纪50年代，可以显著地提高对湿疹的疗效。温和的产品对儿童是安全的，甚至是用于脸部。作用强的类型有副作用，如果长期使用可使皮肤变薄，但在控制疾病方面非常有效。

■如果皮肤刮破后发生感染，就需要抗生素治疗。

脂溢性皮炎

脂溢性皮炎（也叫脂溢性湿疹）是一种常见的皮肤病，轻重不等。它引起身体的许多地方——通常是有毛发覆盖，皮脂腺分泌油脂旺盛的区域，出现脱屑、红肿和发炎。脂溢性皮炎较轻的表现为脱屑，在婴儿中叫乳痂。

症状

该病可发生于任何年龄段，但常见于20—30岁的成人。男女都经常发生，但它与其他皮肤疾病不同，不会在家庭内传播。

■脂溢性皮炎通常以头皮出现少量的头皮屑开始。该病在许多人身上既不会恶化，也不会播散。而另外一些人，红色、脱屑的皮疹会逐渐发展并扩散到脸部和颈部。

■该病可累及眉毛、鼻翼的皱襞，以及特别是耳后的区域。在有毛发覆盖的地方如胸部、背部和腹股沟，也会出现。

■皮疹发痒，聚集成厚而黄色的鳞屑，然后脱落。

■皮肤容易渗液、感染或损伤。

4

自我治疗

■有些人发现长时间暴露于阳光中会突发此病；而另外的人则认为少量阳光定期照射，有助于清除疾病。避免暴露于阳光中太长时间，当阳光太强时最好不要外出。

■当你紧张或疲劳时会加重疾病，因此要注意身体健康。

■除非你的皮肤特别油，否则应避免经常清洗或使用香波。

■脂溢性皮炎使皮肤更容易受某些物质如刺激性强的清洁剂、肥皂、化妆品等的损害。请学会自我保护，如做家务时戴上橡皮手套，选用适合过敏性皮肤的化妆品和化妆用具。

■该病有复发倾向，尤其是停止治疗后。如果症状出现应尽快去找医生。

病因

由于脂溢性皮炎通常发生于皮脂腺丰富的部位，因此很长一段时间人们认为它是由皮脂分泌过多引起的。近来发现许多患者身上有大量叫瓶形酵母菌的特殊酵母菌，这种酵母菌喜欢油脂多的地方，因此被认为是在某些人中引起脂溢性皮炎的重要因素，但不是所有的患者。

治疗

虽然脂溢性皮炎不是特别严重的疾病，但可引起不适感，影响美观，并产生无尽的烦恼。与其他皮肤疾病一样，脂溢性皮炎不能根治但可以控制症状。

■如果疾病较轻，去除头皮屑的药物香波就足以控制头皮屑，控制其脱落。

■抗酵母菌的治疗可用于头皮及身体的其他部分。抗真菌的药膏可以用于治疗其他部位。

■如果皮肤发炎或发痒，温和的类固醇类霜和油膏都可以缓解症状。

4

乳痂

乳痂是脂溢性皮炎在婴儿身上的表现。头皮出现厚的、成块的黄色鳞屑，皮肤变红、发炎。该病可累及颈部、耳背和尿布区。它比较容易治疗。

■常规使用香波或在头皮抹上新鲜的橄榄油，并保留过夜。

■橄榄油使头皮的鳞屑变软，以便第二天能洗掉。

■你有必要重复这种治疗方法直到鳞屑都脱掉。

■如果你孩子的皮肤发炎或病情恶化，应去看医生，他可能会提供抗生素或类固醇类软膏。

接触性皮炎

这种皮炎（也叫接触性皮疹）是直接接触某种物质所致的皮肤反应。可以是某一个体对某种物质过敏所致，也可以是它的刺激性极强以致几乎所有的人都发生反应。虽然接触性皮炎可发生于任何部位，但影响最多的是手和手臂。皮肤会变干、发痒及脱屑。更严重的病例，皮肤会干燥、皲裂、疼痛和引起水疱。

病因

皮肤脱屑、发痒、红肿和破裂都会突如其来地出现。由于某些不明原因，你可能会对多年来一直安全使用的物质过敏——通常是日用品，如肥皂、化妆品或清洁剂。但一旦对这种物质的免疫系统反应已建立，不论什么时候接触你的皮肤，都会发生免疫反应。

■镍是过敏性接触性皮炎的常见原因。当你戴上廉价的珠宝或打了耳洞之后，可能会突然出现皮疹。镍无处不在——从你的牛仔裤上的饰钉到胸罩上的钩，因此要避免接触相当困难。

■接触性皮炎起源于接触有害物质，通常影响到与化学品等物质打交道的人。有些人在接触数年的刺激性物质后才会影响皮肤。清洁工、建筑工人、工厂工人、理发师或汽车机修工可能会突然出现接触性皮炎，虽然他们已经做同样的工作、接触同样的物质很长时间了。

引起接触性皮炎的常见物质

虽然几乎所有的物质在敏感的个体身上都能引起接触性皮炎，但有些物质特别容易产生。

■强效的清洁剂和肥皂。

■镍，通常是廉价首饰、胸罩钩、手表带、拉链、硬币和剪刀的主要成分。

■化妆品，尤其是含有羊毛脂的。

■香料和香水。

■新闻纸。

■橡胶。

■皮革。

■工业化学物质。

■湿性胶粘剂。

■染发剂和着色剂。

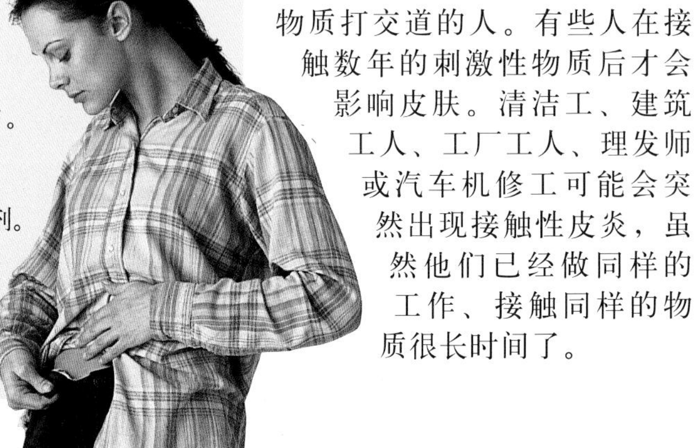

自我治疗

当你得皮炎时，你的皮肤变得相当脆弱，因此特别需要细心呵护。

■使用保湿润肤霜保护皮肤免受水、天气和严重疾病的伤害。

■避免太热的水，用温水洗澡和洗碗碟。

■肥皂恐怕会使皮肤太干，因此要向医生咨询使用肥皂的替代品，即那种可以清洁皮肤，又不会使皮肤太干的产品。

■肥皂泡一定要清洗干净。

■仔细擦干皮肤，特别在手指和脚趾之间，在这些裂隙皲裂是很常见的。

■使用对过敏性皮肤刺激很弱的非生物性的洗衣剂。

■在准备某些水果和蔬菜时，如橘子和柠檬、辣椒和洋葱，会在接触的皮肤上出现燃烧的感觉。因此处理时要小心。

治疗意见

除非你完全清楚是什么引起皮炎，否则最好的办法还是去看医生。过敏分析（见第58—59页），如皮肤斑片试验，可能有助于找到真正的原因。

■治疗取决于所涉及的物质和疾病的严重程度。你可以采取以下措施避免接触过敏性或刺激性的物质：载上手套做家务，避免使用某些品牌或含某种成分的化妆品，或不戴含镍的饰物。

■如果避免接触这些东西很困难，医生恐怕会建议你使用一些药物。对于接触性皮炎，主要的治疗方法是用皮质类固醇类软膏或焦油制品，两者都能使发炎红肿的皮肤变光滑。

荨麻疹

大约有1/5的人一生中会出现荨麻疹。这种皮肤疾病，也叫风团，通常由发痒、高出皮面、局部隆起的皮疹组成。多数人只偶尔出现过一两次，但有些人却经常出现。荨麻疹的原因未明，但女性特别容易出现荨麻疹。

过敏反应

荨麻疹中出现的风团是由于皮肤肥大细胞释放化学性组胺引起的。组胺使毛细血管（皮肤的小血管）扩张。毛细血管壁渗透性增加，并使血清渗漏到周围组织，引起周围组织水肿，明显隆起。

■组胺的释放可能是过敏反应的一部分，例如吃了某种食物，碰着带刺的植物或服用了某种药。

■荨麻疹也可以出现在日光照射后或处于温差太大的环境。

■有些人可出现另一种形式的荨麻疹，称为皮肤划痕症，这种痕迹是出现在皮肤受压或受刮的地方。

荨麻疹的诱因

相当多的物质——从食物到宠物到药物，甚至过热的洗澡水，都能引起荨麻疹。常见的诱因如下：

■虾贝类、坚果类、草莓、花生、食物添加剂 。

■水杨酸酯，存在于防腐剂、牙膏、芳香剂和软饮料中。

■药物，如阿司匹林、镇静剂、青霉素及其他抗生素。

■昆虫的叮咬。

■花粉、动物毛和屋里的尘螨。

症状

特征性的风团是荨麻疹的主要症状。它在吃了或接触了致敏物质数分钟内突然出现。风团的特点如下：

■**大小** 它的大小从豌豆大到直径数厘米不等。

■**形态** 最初的风团形态不规则，红色隆起，但随后变成中间为白色，周边红晕包绕。

■**持续时间** 每个风团持续时间仅为36—48小时，但看起来持续时间很长，是因为新的荨麻疹接着旧的荨麻疹出现，使它们看起来像是持续存在

■**长期影响** 当风团消失后，不留痕迹。

寻找病因

荨麻疹的真正原因通常很难描述，如果你只是偶尔出现荨麻疹，也并不一定值得深究。但如果你经常出现风团，应找医生以明确病因。这是很重要的，因为慢性的荨麻疹作为一种影响免疫系统的潜在疾病，需要得到诊治。

■你的医生可能首先建议将吃喝的每样东西列个清单，这些日常饮食包括维生素片、处方药、牙膏、漱口药水等。同时，在风团出现时做好记录，这也许可以了解到你吃喝的哪些东西可以引起这种疾病。

■医生可能会建议用皮试（skin prick test）检测饮食中的过敏性物质。

4

治疗

■炉甘石洗剂可以帮助去除由植物或昆虫叮咬引起的发痒。

■抗组胺药，可以阻断皮肤的化学性作用，止住不适。常用的是口服药，它不能开始就阻断组胺的释放。因此一旦停止治疗，风团就会再现。

■严重的病例，要使用类固醇类药品。当然，由于荨麻疹通常并不严重，使用激素时要慎重，因为它们有副作用。

■通常荨麻疹的真正原因都没被发现，即使做了过敏试验。但大约80%的病例在1年左右都会自然痊愈——不管有无治疗。

蚊虫叮咬

每个人被蚊虫叮咬后都有类似的皮肤反应：叮咬的部位出现红斑，接着通常会发痒、疼痛、红肿。多数病例，症状只是短时存在，但轻重不一，从轻微的到剧烈的疼痛肿胀、流液和瘙痒。每个人的反应各不相同。

你对蚊虫叮咬过敏吗

同一种蚊虫叮咬可能对不同的人有不同的反应。这是由于蚊虫把唾液或粪便中的物质堆积在叮咬的部位或其附近，通过抓破皮肤而损伤皮肤。这些物质相当于毒素，引起毒性反应，或相当于过敏原，在敏感的受害者身上引起过敏反应。

预防

多数情况下，昆虫叮咬并不严重，反应也是短暂的，但是特别不舒服。避免不舒服的最好办法是保护自己免受叮咬。这在由昆虫叮咬可引起疾病的地区尤其重要，如疟疾。

■穿长袖的衣服和裤子。

■使用合适的驱虫剂。

■在蚊帐里睡觉，这可作为驱虫剂的补充。

■装上纱窗和纱门。

治疗

■如果你被蚊虫叮咬，而蜇刺没有留在皮肤内，只要用肥皂和水彻底地清洗叮咬的部位，然后涂上润肤的药水，如炉甘石洗剂。

■抗叮咬的软膏可用于涂患处，包括低剂量的氢化可的松，可以光滑皮肤及减轻炎症反应。

■口服抗组胺药可缓解叮咬后的炎症反应。

■尽量避免擦破皮肤，否则会增强过敏反应并导致感染。

去除蜇刺

有的昆虫会将蜇刺留在皮肤，如果是这样的，做的第一件事就是将它去掉。

1 在毒囊下用镊子夹住蜇刺，尽量贴近皮肤，并轻轻地拔除。

2 用热敷缓解疼痛，并尽量消肿。

3 你也可以使用镇痛水或软膏。

除去蜱

蜱是一种用嘴袭击人的小生物，通过叮咬人而传播疾病。

■当你在大草原、灌木丛或森林中行走时，就很可能会带上蜱。

■如果被叮咬，立即除去蜱。

■用很细的镊子夹住蜱的头，尽量靠近皮肤，并拔掉。最好是将整只蜱拔出。

■用肥皂和水清洗叮咬的地方，冲洗干净并轻轻地擦干。

注意

通常由昆虫叮咬引起的不适不超过1—2天，且多数人只有在上百只的昆虫叮咬后才可威胁到生命。然而，在两百个人中约有一个人会对昆虫的毒液过敏。毒液一旦进入人体，大量的组胺会释放，并引起全身组织强烈的过敏反应，称为过敏性休克。这是急症，如果不治疗，就会死亡。

过敏性休克的症状可以在叮咬的数分钟内出现。包括：

■全身出现严重的荨麻疹。

■喉头水肿，阻碍呼吸。

■呼吸困难。

■恶心，呕吐，腹部疼痛。

■血压突然下降。

■失去知觉。

过敏性休克须紧急注射肾上腺素以拮抗组胺的作用。如果你过去曾有因昆虫叮咬而出现严重的过敏反应，向医生咨询是否可以携带一只预先装满肾上腺素的注射器，以防万一你又被叮咬。

痤疮的原因

几乎每个青少年都会长“痘痘”，但大约20%—50%的青少年和青年会发展为痤疮（粉刺），并持续好多年。痤疮比偶然出现的丘疹的存在时间要长得多。痤疮可以影响脸、颈部、背部或肩膀，由许多不同类型的斑点组成，包括白头（充满脓汁）、黑头（也叫黑头粉刺）、炎症肿块、深而柔软的皮下小结、充满液体的大肿块。最后一种斑点称为囊状粉刺，能留下深而凹陷的永久性瘢痕。

谁会长痤疮

■痤疮最常出现的时间是青春期，男孩比女孩更多见。

■它并不遗传，虽然看起来好像你的父母年轻时长痤疮，而你似乎继承了这个特点。

■疾病可从轻到重，轻的可能会持续约4年，但是，痤疮很经常可以持续12—14年，但通常在25岁左右消失。

■它也可以存在更久，折磨许多人直到30多岁，有的甚至到40多岁。

4

正确与否

关于痤疮的原因存在许多值得注意的、广泛的误解。最持久的观点是：痤疮是由不良饮食或卫生差所致，或两者兼有。这两个观点都是不正确的。

■研究一致表明吃富含油脂的食物或油炸食物和巧克力并不会导致痤疮。但健康的、平衡的饮食肯定能改善皮肤。

■痤疮也不是由污垢和卫生状况差引起的，黑头粉刺的颜色是来源于阻塞毛孔的粘性细胞头部的色素。事实上，多数长痤疮的人洗脸的次数要比没长痤疮的人多得多。

有关提示

如果你确实已经长有痤疮，以下几个因素已经被证实将使痤疮恶化：

■过多的汗水或潮湿的气候将造成痤疮迅速蔓延。

■月经前痤疮会更加严重，可能是由于体内激素水平的改变引起。

■怀孕也会对痤疮造成影响。有些女性发现她们的痤疮已完全消失，但生育后又出现。而另一些人，怀孕使青春期的痤疮重新出现，甚至痤疮的情况比原有情况恶化。

■有些药物治疗，如皮质类固醇和抗癫痫药物都会使痤疮情况恶化。有些女性服用口服避孕药后发现皮肤显得更脆弱。

■任何东西涂抹在皮肤上如化妆品或防晒膏等都有可能对痤疮造成影响。在这种情况下，请教医生并采取必要措施，可以使这种影响降到最小。

■虽然痤疮与性激素有关，性活动频繁或缺少都对它没有影响。

痤疮的病因

皮肤病学家怀疑痤疮与性激素中的睾酮增加有关，特别是青春期性激素水平的增加。经过观察，脓疱是由于皮脂腺分泌缺陷导致的。在很多情况下，这些腺体对正常水平的睾酮过分敏感。皮脂腺分泌过多的更粘的皮脂致使皮肤中的毛孔被堵塞，同时与正常存在于皮肤表面的细菌相互作用，这样大量的、粘性的皮脂与细菌一起，致使皮肤变红并发炎、形成脓疱。

4

■如果没有对脓疱进行成功的治疗将导致凹陷、瘢痕，挤压脓疱将导致瘢痕更加严重。

■异常的细胞堵塞毛孔导致毛囊堵塞是造成痤疮的另一原因。痤疮的细胞有粘性，无法正常脱落，集结成块从而堵塞了毛孔，也堵塞了皮脂腺分泌物的畅通。当累计的皮脂凝固时，就在毛囊里形成了黑头或白头。

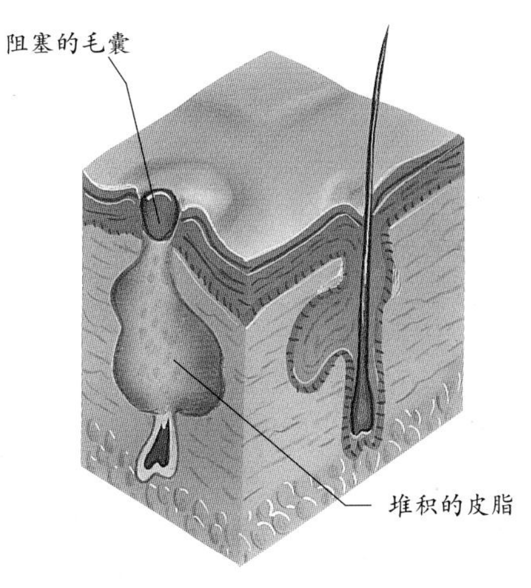

痤疮的治疗

一种乐观的看法是：目前存在着治疗痤疮的多种可供选择的有效的方法。这些方法包括非处方药物、超市或药房可以买到的药品及只有通过医院或专家处方才能得到的非常有效的药品。

自我治疗

■对于轻、中度的痤疮，常用的一线药物是过氧化苯甲酰乳剂和洗剂，这些你能直接买到。

■为了发挥效果，你必须将药物涂布于整个皮肤表面，而不仅仅是涂于痤疮那一点上。如果在使用数周之后未见明显实效请不要放弃。因为大多数痤疮的治疗在你可见到明显的效果之前至少需要两个月的时间。

■阳光有助于60%的中度痤疮患者的治疗。这也许就是许多患者注意到他们的皮肤在阳光明媚的天气里的变化。在过去，紫外线疗法的效果类似于阳光疗法，但随着更有效的治疗方法的进展，这种治疗方法变得更少用了。

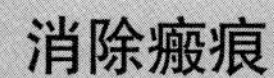

消除瘢痕

痤疮所遗留的凹陷和瘢痕有损容貌。整容手术和激光治疗方法有助于改善凹陷和瘢痕。

■手术整平法是将脸部瘢痕皮肤的表层逐渐削平。它很不整洁，而且它的效果通常也不令人满意。

■激光治疗能消除痤疮引起的瘢痕。通常在一个疗程之内可治好整张脸的瘢痕。激光可以治疗皮肤微小层隆起的痤疮瘢痕，使其变平滑，而且效果极理想。激光对凹陷或“高而尖”的瘢痕的治疗效果不佳，但仍会有所帮助。

■一些整容外科医生应用胶原质注射剂填充重度痤疮造成的瘢痕。这种效果不是永久的，而且对“高而尖”的瘢痕效果较差。

自我治疗的技巧

■用感觉舒适的清洁剂每天洗脸2次，并且在晚上卸妆。除此之外无须更多地清洁你的肌肤。

■治疗痤疮的药物应涂布整个受累及的皮肤，而不仅仅是在个别的痤疮上。

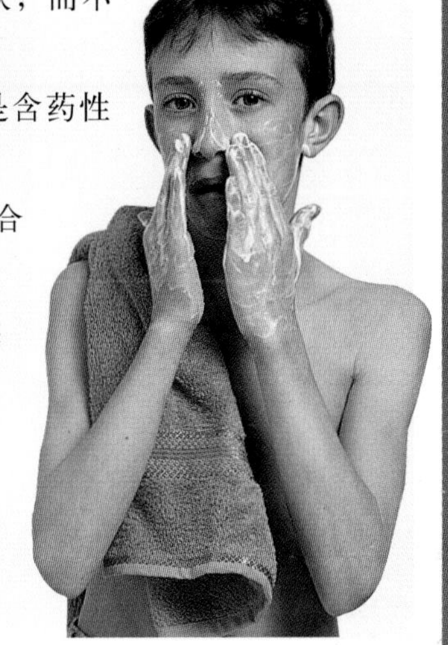

■用非油类化妆品，虽然这些化妆品无需是含药性的或低变应原性的。

■如果治疗痤疮使你的皮肤变干，请选用适合油性皮肤的润肤露。

■痤疮没有传染性，没有必要避免共用碗筷或衣服一起洗。但是共用碗筷及衣服放在一块洗对每个人来说都是不卫生的。

■不要挤压痤疮。因为这会形成瘢痕。

■不要让头发遮住脸，特别是油性头发，应避免它经常接触你的脸。

医生的治疗

■假如非处方药治疗无效，或者疾病更严重，你可能就要医生使用局部抗生素。这些药物能减少皮肤上的细菌，且有助于减轻炎症。口服抗生素也有同样疗效。

■更有力的治疗是维A酸，它是维生素A的衍生物。它有助于减少皮肤油脂的分泌，从而消除黑头和毛孔堵塞。

■对更严重的或病情顽固的患者，异构维A酸（也是人工合成的维生素A衍生物）这一药物是非常有效的。它的治愈率很高，但有副作用，比如导致皮肤红斑和脱屑，且怀孕期间禁用。

注意

异构维A酸在孕期使用会引起婴儿的严重畸形。在接受这种治疗之前有必要了解它的危险性。

4

时间疗法

众所周知，痤疮是一种自限性疾病——即使没有任何治疗，最后痤疮也会自行消失。然而，这种自愈过程是要很长时间的。正确的治疗对痤疮是必要的，且有助于避免痤疮给皮肤造成永久的伤害。

酒渣鼻

酒渣鼻——通常被不正确地认为是成年人痤疮，它是能使面部中央皮肤变红的一种慢性皮肤炎症。酒渣鼻更常见于女性，尤其是肤色好的人。酒渣鼻经常开始于中老年，经常是突然发病，持续一段时间后改善。酒渣鼻有遗传倾向，并能在家族中蔓延。

病因

酒渣鼻的确切病因尚不明确，然而它的出现可能是因为皮下血管扩张。这可能是由于治疗其他皮肤疾病时使用皮质类固醇类霜过多的结果，因为它们能使皮肤变薄。

症状

■最初你脸部的皮肤可能出现暂时的潮红，经常在喝热饮或酒、吃辛辣食物或走进温暖的房间之后。

■这种暂时的面部潮红会发展成永久性的皮肤红斑。它最常累及鼻子、前额、面颊、眼睑和颏部，很少出现于躯干及四肢。

影响区域

■红斑伴有小脓点类似于痤疮，因此称为成年人痤疮，但是不具有痤疮的特征性的黑头或白头。面部可能会出现蜘蛛状的静脉，它们常被误认为是静脉扩张，其实是靠近皮肤表面微小的可见的红色血管。

■假如病情较重或不予治疗，酒渣鼻会引起鼻部的组织过度生长，也就是众所周知的肥大性酒渣鼻。鼻子变红且呈球状，这是因为皮脂腺分泌过度使鼻子特别油腻。这种情况更常出现于男性的酒渣鼻患者。

自我治疗的技巧

你没有办法防止酒渣鼻，但可以避免它恶化 。

■面部潮红的加重可能使症状加重和疾病的发展速度加快。应尽量避免已知的诱因，如热饮、辛辣的食物或酒精。

■涂上强效的防晒霜，即使在冬天，以避免进一步损害皮肤。

治疗

在诊断酒渣鼻前，医生要鉴别可能产生类似症状的其他疾病，包括痤疮药物反应，基础免疫系统问题和其他形式的皮肤炎症。

■治疗酒渣鼻惟一有效的方法是长期应用抗生素，通常包含局部抗生素的膏剂，例如甲硝唑或者口服四环素。后者更常使用，因为其长期治疗的副作用较小。

■一旦病情得到控制，抗生素的剂量逐渐减少直到最后停用抗生素。抗生素治疗可以改善症状，但它不能治愈酒渣鼻。你可能会发现多年以后酒渣鼻复发，然后又消失。

■如果抗生素治疗无效，你的医生将开出用于治疗严重痤疮的异构维A酸。然而，这种治疗有许多的副作用，孕妇或计划怀孕的妇女禁用这种方法（见第73页）。

外科治疗

■电凝（通过电流治疗）能消除少数有血管病变的蜘蛛痣。

■激光疗法对大量的毛细血管扩张有效。电凝和激光疗法都能永久地消除毛细血管扩张，但它们可能在治疗部位会出现暂时的疼痛、红斑或淤斑。

■外科手术能切除肥厚性酒渣鼻的肥厚组织。鼻子的皮肤将很快长好，且看上去正常。

热疹

斑点状、干燥发痒或发炎为特征的疹子常见于许多皮肤疾病中。然而，伴有发热的皮疹多数是因感染所致。有时这种情况在家里就可安全且容易地被治愈。但是发热表明病情较严重，你应去找医生看。应该向医生详细汇报所有的伴随症状，例如头痛、发热、恶心、呕吐。

麻疹

麻疹是由高度传染性的病毒引起的，它常发病于儿童。成年人如果小时候未患过麻疹或没有给予被动免疫也会患麻疹的。特征性的疹子是暗红色斑疹或小脓点，从头颈部开始出现并扩展到躯干部。其他症状包括发热、流鼻涕、咳嗽、疼痛、结膜充血和淋巴结肿大。

治疗

多数情况下麻疹患者病情并不严重，治疗包括多卧床休息和大量饮水。对乙酰氨基酚有助于减轻发热。麻疹很少会出现诸如脑炎等并发症。所以如果病情严重或者你十分担心，你应找医生看病。

风疹

风疹是一种病毒感染。它较其他小儿疾病不常见，但是如果你没患过风疹或没有接种疫苗可能会出现皮疹伴发热。它在成人或儿童身上都是小病。但是它在怀孕头几个月出现是非常严重的。粉红色的斑疹从面部开始扩展到躯干及肢体。通常在数天之内消退。如果出现发热，也经常是低热，而且颈后淋巴结有可能会肿大。

治疗

对风疹没有特别的治疗方法。对乙酰氨基酚能减轻发热。如果孕妇在孕期前几个月染上风疹，将会引起严重的胎儿畸形。因为这个原因，所有的妇女在怀孕前应找医生去检查她们是否对风疹病毒有免疫力。如果你对风疹没有免疫力，你可以很容易去接种疫苗以预防它。

水痘

水痘对于儿童是一种相对温和的感染性疾病。在成人中少见但病情较严重。水痘是由水痘-带状疱疹病毒引起的，且能潜伏在神经组织中，只有数年后才出现且引起带状疱疹。水痘皮是潮红、发痒的斑疹并变成充满液体的水疱。水痘经常长在耳后、腋窝及躯干。它会蔓延至四肢，并且可能出现低热。

治疗

发现长水痘，应去找医生，特别是成人患者，病情较严重，且有并发症。惟一的治疗方法是需要卧床休息。对乙酰氨基酚有助于降低发热，而炉甘石洗剂和冷水浴有助于减轻发痒。尽量避免搔抓疹子，因为这会导致感染或留下永久的瘢痕。

猩红热

由链球菌感染所致，这种疾病现在较不常见也不严重。症状包括发热和紧随红色皮疹之后的咽喉部疼痛。皮疹通常开始于上半部的身体但迅速蔓延至除口周之外的面部区域。

治疗

假如你怀疑有猩红热，请去看医生。假如诊断成立，应用抗生素治疗通常能够成功地清除感染。

脑膜炎

脑膜炎是包绕脑组织的脑膜的一种炎症，它是由于病毒或细菌感染所致。任何人都会染上脑膜炎，婴儿或少年患者更常见。脑膜炎不总是会出现皮疹，但是在一些患者会出现压之不褪色的紫红色斑疹。其他脑膜炎症状包括发热和嗜睡，且有头痛、颈部强直和畏光。

治疗

如果你怀疑患了脑膜炎，应去找医生或请求紧急医疗救助。细菌性脑膜炎应立即给予大剂量的抗生素治疗。

真菌感染

皮肤是某些会引起感染的真菌喜欢寄居的地方。真菌在皮肤上大量繁殖，会破坏皮肤，引起皮肤发痒、发炎、粗糙、脱皮，甚至毛发脱落。脚癣和手癣是最常见的两种真菌病。

脚癣

有人戏称此为“香港脚”，是一种在温暖、潮湿的环境下皮肤的真菌感染。脚癣常发生于足趾间和脚底，且有不适的皮疹。你可能会注意到患有足癣的皮肤潮红、发痒，且开始脱皮、疼痛。如果不予治疗，脚趾甲会增厚、变形。

为什么会有脚癣

脚癣是由生长在皮肤的真菌所致。这种真菌依靠皮肤表层的富含蛋白质的死亡组织而生活。脚癣在儿童少见，而青少年和成人多见，尤其是长期穿厚实的袜子和运动鞋进行运动的人。脚癣更常见于容易出汗的温热季节，因为真菌喜欢阴暗、潮湿的环境。

脚癣有传染性，当人们光着脚走在公共房间或游泳池时，可能就会被传染上。它不会自愈，而是继续加重或扩散直到治疗以后。

治疗

■脚癣很容易治疗。你自己就能诊断且无需经常去看医生。

■大量的抗真菌药可以直接买到。有乳剂、洗剂和粉剂，你可根据自己的情况选择最有效的药物。

■多数的药物应按照使用说明书，涂在清洁且干燥的脚上，一天两次。当症状消失时，不能立即停止用药，多数都要继续治疗10多天，以确保真菌完全消灭。

■有时候，非处方药物药效不够强，尤其是感染持续很久时。在这种情况下，你要去咨询医生，他会提供更强效的局部治疗药或抗真菌药片。

免患脚癣的技巧

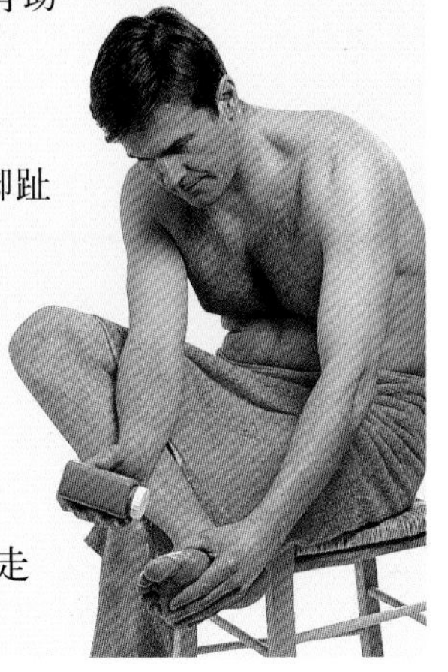

■如果你有患脚癣的倾向，良好的个人卫生将有助于你免患脚癣。

■每天换鞋袜。

■保持脚清洁和干燥。洗澡或淋浴后仔细擦干脚趾间的皮肤以防该处潮湿。

■如果你的脚易于出汗，可搽脚粉以保持脚的干燥。

■脱掉鞋袜后露在空气中透气。

■穿天然的纤维袜以便于脚透气。

■保护好你的脚，尤其在其他人可能会赤脚行走的地方，如游泳池。

癣

这是真菌感染的一种类型，常分布于躯干（体癣）、腹股沟（股癣）、或头皮（头皮癣）。较少见的是真菌感染指甲——叫甲癣。

■当身体感染癣时，你可能会发现有边界清楚的、红的、奇痒的圆形红斑。它常见于腹股沟、臀部和腋窝。

■头皮癣常见于儿童，会引起头发脱落，形成圆形、发痒的斑片。

■甲癣使指甲变厚和表面光滑变白，如果甲癣进一步加重，指甲会变黄、碎裂。

治疗

与脚癣不同，癣患者必须去看医生，因为医生才知道确切的病因，并提供有效的抗真菌治疗。

■有多种的治疗方案需要根据患者所患癣的类型来选择。抗真菌的乳剂和洗剂通常对体癣有效，而头皮癣和甲癣通常用口服药治疗。

■真菌是有抵抗力的，病情从轻微到完全消失可能都需要几周。甲癣是相当顽固的，治疗需要持续很长时间。一旦治疗停止，癣可能又会复发。

脓疱疮和单纯性疱疹

除了真菌，细菌和病毒也会侵犯皮肤引起强烈炎症，且具有强的传染性。脓疱疮是广泛性的皮肤感染，而单纯性疱疹是病毒感染所致。

脓疱疮

脓疱疮通常由金黄色葡萄球菌所致，金黄色葡萄球菌能通过切口、擦破口或破损皮肤的任何地方（包括湿疹）侵入皮肤。

症状

脓疱疮首先在鼻子周围和口周出现水疱，它也能侵及其他部位，例如耳廓和上胸部。水疱容易破裂形成湿的金黄色的痂皮覆盖着红色、潮湿的创面。

治疗

脓疱疮大多数发病于儿童，有很强的传染力。儿童常会抓破水疱，导致水疱播散到其他部位且传染给别人。因脓疱疮具有传染性，所以应尽早去看医生。对于大多数患者，在施用抗生素药片、乳剂或软膏后，脓疱疮大约在一周时间内得到缓解。

脓疱疮的自我治疗技巧

■轻轻地用肥皂和水洗去松弛的痂皮。

■劝告儿童不要抓破或挤压水疱。

■让你的孩子呆在家中，远离学校和其他孩子，直到感染消失。

■为你的孩子准备个人的浴巾和毛巾，以避免脓疱疮传染给家庭的其他成员。

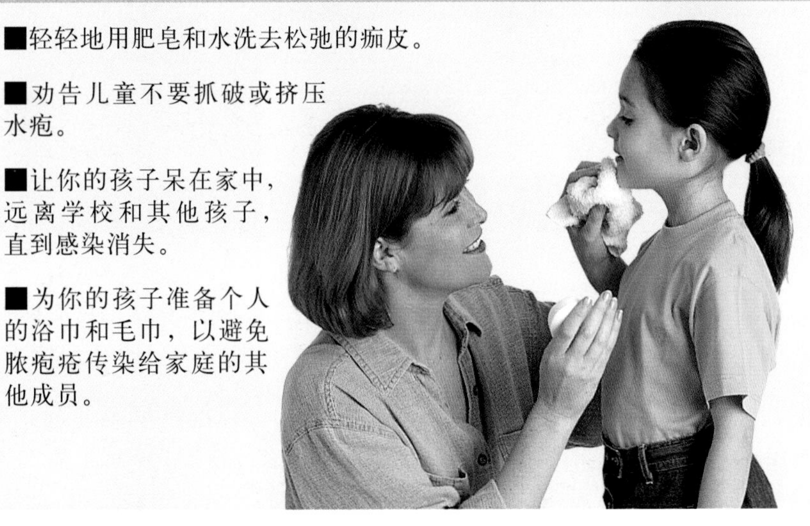

单纯性疱疹

这种病并不是由于寒冷所致，而是单纯疱疹病毒引起的。大多数人年轻时易感染单纯性疱疹病毒。单纯性疱疹是通过直接接触水疱或水疱里的液体而传播的。我们中的许多人对单纯疱疹病毒有自然免疫力，这些人不会患单纯性疱疹的。但是在有些人身上，单纯疱疹病毒潜伏于神经细胞中，并且在触发因素如寒冷、强烈的阳光、紧张、失落或激素改变的情况下重新活跃起来。

症状

单纯性疱疹起初在口周和鼻周出现充满淡黄色液体的微小炎症性水疱。最初的症状可能有发痒和刺痛，且在水疱出现前两天皮肤有可能会感到潮热、疼痛和痛觉过敏。水疱通常几天就破掉，之后皮肤变得干硬。疱疹在大约一周之内变干并消失。

治疗

■抗病毒药阿昔洛韦，有片剂或软膏，有助于减轻疼痛并且加强治疗进程，某些阿昔洛韦的剂型可直接买到。

■尽可能早进行治疗。许多复发的患者了解疱疹出现之前的预兆，如突然在患过疱疹的部位有刺痛的感觉。当你一旦有这些征兆时，你就要开始治疗。

4

预防单纯性疱疹

单纯性疱疹虽然不危险，但它使人不舒适和不雅观。因为它有传染性，你必须小心，不要传染给其他人。

■当你患上单纯性疱疹时，应避免接吻或任何的嘴巴接触。

■在疱疹的活动期，不要共用碗筷、毛巾或枕头。

■保持患处干净、干燥，并轻柔地擦洗。

■不要在接触单纯性疱疹后去揉眼睛，这样会感染眼睛并导致结膜炎（眼球表面生物膜的炎症）或更严重的眼病。

■家长必须特别注意卫生等。经常洗手并吹干以避免传染给你的孩子。

■如果你的单纯性疱疹的诱发因素是阳光，当你在户外时可涂防晒霜或穿防晒服以减少危险。

疣

疣是一种对皮肤生长无害的十分常见的传染病，它可能出现于身体的任何部位，但它最经常出现于手部和面部。有多种不同类型的疣，它的分类是根据它侵犯身体的部位及疣的外形进行的（见下一页图表）。疣只侵犯表皮层——皮肤的最上层。

病因和传播

■疣是由病毒——众所周知的人类乳头状病毒——侵犯皮肤细胞导致这些细胞快速繁殖引起的，并在皮肤表面产生如我们所见的干燥皮肤隆起。

■至少有35种不同类型的病毒，并且不同类型的病毒能在人体的不同部位引起疣。有些病毒根本不会引起疣，这是由它们的特性决定的。

■疣通过直接接触传播。它包括你身体的任何一部分与另一个人身体的任一部分接触。假如你接触疣的表面，你的手指将携带病毒，并带它到别处易感的皮肤表面。

■疣在你感染病毒后1个月到1年之间出现，虽然它的潜伏期平均2—3个月。

自然病程

通常疣是在手部或脸部开始出现，先呈小的、颜色清新或半透明，之后颜色会变深。大多数疣会自愈。研究表明35%患者在不治疗的情况下，6个月内会消失，50%于1年内，超过65%于两年内，疣自行消失，愈后不留瘢痕或痕迹。

尖锐湿疣

像其他疣，尖锐湿疣也是人类乳头状病毒感染所致。高传染的小的桃白色的新鲜的隆起，围绕着生殖器周围，它们是通过性传播的。治疗通常用鬼臼树脂（处方药）—— 一种棕色的液体涂于疣上。不要用其他消除疣的药物，它们对生殖器娇嫩的皮肤过于刺激。冷冻和激光治疗可以应用，但所有的尖锐湿疣患者有半数会复发。由于某种人类乳头状病毒感染与宫颈癌的发病率增加有关，因此尖锐湿疣的女性患者应经常作宫颈涂片检查。

疣的种类		
类型	外观	局部影响
寻常疣	隆起，结构粗糙，通常呈簇成长，颜色不一，从灰白色、灰黑色到黄色或棕色，有的很不明显，有的直径约2厘米或更大	常见于易受损伤的皮肤，如手及膝盖，儿童及青少年常见
丝状疣	狭长，生长缓慢，颜色的进展与寻常疣相似	易长于眼睑、脸、腋窝或颈部
指状疣	呈指状突起的疣，有时颜色较皮肤深	无特别的生长区域
扁平疣	光滑的、轻度突起，颜色鲜艳或稍黑，可能会痒	长在脸、手腕、手背或擦伤的区域
跖疣	长在脚上的扁平疣，通常会由于走路的压力而疼痛	生长于脚底，有时也见于脚后跟

治疗

一般最好的办法是顺其自然，并等其消失。有些治疗方法会引起疼痛，并导致疤痕。然而，如果疣会造成麻烦或相当引人注目，恐怕就要去掉。以下是治疗的主要方法：

■首先你可以选择去疣液，这种液体不用处方就可买到。多数情况是将去疣液涂在疣上，待其干燥，重复这样的过程，直到疣脱落。你也可以使用含去疣液的药膏。

■如果上述治疗无效，医生会用更强的水杨酸或乳酸溶剂或其他的皮肤松解剂。

■其他的治疗方法包括冷冻治疗，即用液氮冷冻去除疣或电凝，即将皮肤烧掉。这两种治疗方法可能需要重复进行，因为30%的疣在1年内会在相同或邻近的区域反复出现。

银屑病

全世界大约有8 000万的人患有银屑病。虽然不会传染，也无危险性，但这种常见的皮肤疾病会引起疼痛、丑陋并难以控制。多数病情较轻，易于治疗，但个别需要住院治疗，甚至有些会导致关节炎。

病因和症状

银屑病是由于皮肤细胞生长紊乱的结果。正常的皮肤细胞约21—40天成熟，并移至表面，而表层死亡细胞逐渐脱落。而在皮损区，深层皮肤细胞生长很快，通常2—3天，活着的细胞移至表面，与来不及脱落的死亡细胞聚集成可见的细胞层。

■堆积的细胞呈现红色、发炎的皮肤斑（通常叫菌斑）。带有厚厚的银屑，且常常很干燥并有炎症。

■常见于头皮、发周、肘与膝盖的弯曲处和腰背处。

■银屑病的严重程度不一，从偶发的轻度斑片到大面积的斑块。

正常皮肤

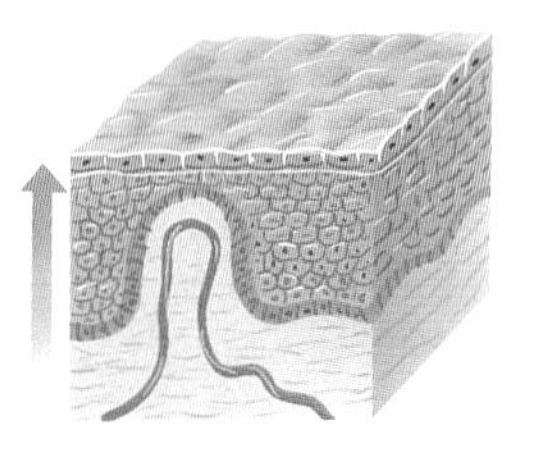

患银屑病的皮肤

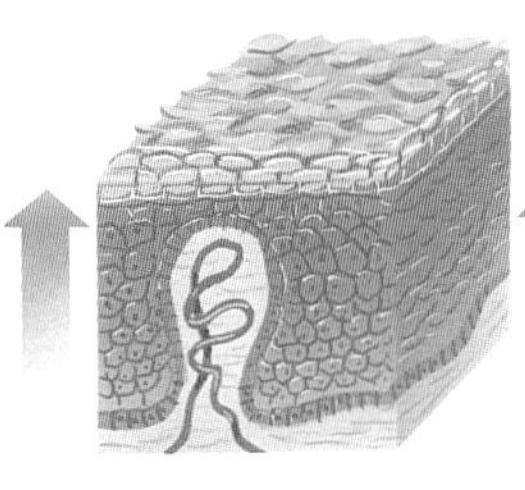

患银屑病的皮肤区域，细胞很快移到皮肤表面，并在皮肤表面形成厚厚的一层。表皮增厚以及皮肤的血管变得更弯曲

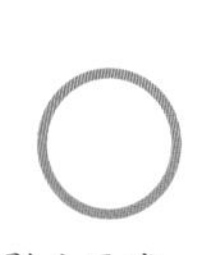
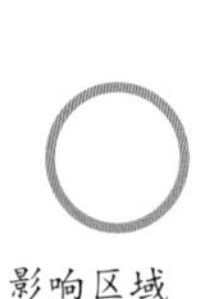

影响区域

谁最容易发生银屑病

■银屑病可发生于任何人任何时候，虽然儿童比较少见，特别是4岁以下的小孩，该疾病的发生有两个时间高峰：十几岁至二十五岁左右和中年。

■男女发病几率相等，最初多在寒冷的季节里发生，在温暖的地区里极其少见。

■专家们并不确定银屑病是如何发生的。但有明显的证据表明与遗传有关，约1/3的银屑病患者有家族史，如果你的父母都是银屑病患者，你得银屑病的几率就有50%。

诱因

仅仅有银屑病的家族史并不意味着你一定会发病，通常还有其他的因素会激起银屑病的发作，常见的因素有：

■咽喉部感染。

■药物，如用于治疗高血压的β-阻断剂或治疗关节炎的非甾类抗炎药，有时都会引发银屑病。

■银屑病在冬天会加重。这部分是由于缺乏阳光，部分是由于寒冷的天气和室内的暖气导致皮肤干燥加重。

■身体和精神的紧张都是引发银屑病的重要因素。

银屑病会消失吗

即使你患了银屑病，也不说明你就永远无法摆脱。

■大约10%的患者得过1—2次后便不再发了。

■大部分只有小斑点的患者可以自然愈合或仅需一点治疗。

■只有约5%—8%的患者病情严重，需要特殊的住院治疗。

银屑病性关节炎

大约5%—10%的银屑病患者会发展为银屑病性关节炎即手指、脚趾，有时是背部、手腕、膝盖和踝部的骨头会发炎、肿胀、疼痛及僵硬。

银屑病的治疗

大量有效的治疗只是控制病情，而不是治愈银屑病。可用的治疗有乳剂、洗涤剂、软膏和药物香波，并非每种治疗方法都适用于每个患者，因此需要做实验和费点周折，才能找到适合你的方法。医生将考虑你的病情的严重性和治疗中可能发生的副作用，而开出最适合你的病情的处方。

治疗方式的选择

■镇痛剂和皮肤软化剂是对银屑病进行治疗的主要方法。它们有助于保持皮肤的水分同时防止鳞状皮肤变得干燥和发痒。有时也有助于将银屑病的厚厚的表皮层去除。但无论如何，它们将无法彻底治愈银屑病。

■煤焦油是最古老的银屑病治疗方案。尽管有效，但有些配方很脏而且有刺鼻气味，它会使衣服、被单等像皮肤一样染成斑斑点点。

■蒽三酚对慢性银屑病有很好的疗效。它会使皮肤细胞的分裂和再生的速率下降。蒽三酚可以制成乳状或软膏状等几种不同的形式，但必须注意的是它能烧伤正常的皮肤，同时也会将衣服、皮肤弄脏。

■可的松乳剂和洗涤剂也是有效的，同时不会造成脏污。但使用要有节制，因为长期使用能使皮肤变薄。

4

■树脂类药物涂在皮肤患处，可以使银屑病病情缓解。它是目前最新的治疗方式之一，能使皮肤细胞更新速度减慢，同时减轻炎症。

■维生素D软膏较易于使用，且无味无色。

■阳光可以使银屑病的病情减轻，是因为紫外线的照射可以减慢皮肤的过度生长，同时也可以减轻常见的炎症等副作用。

■光疗（紫外线治疗）适合于严重病情，治疗原理就是减慢皮肤的生长速度。

■高效的口服药物对于那些使用其他治疗方法无效的严重银屑病是很有效的，甲氨蝶呤用于癌症的治疗，以使有些细胞的分裂停止。对于银屑病的治疗，它对皮肤细胞也有这样的作用。因为这类药物是细胞毒性的，它们的药效很强，应在专家的密切监督下使用。

色斑问题

皮肤的颜色是由皮肤的黑素细胞决定的。有了它们产生的色素，所以就有了头发、眼睛、皮肤的颜色，黑色素的产量部分是由你的基因决定的，但皮肤的颜色可以受到其他因素的影响，例如太阳光的照射、怀孕期间或更年期体内激素的改变、药物、化学元素或潜在的健康问题等。黑色素产量的变更使得皮肤比普通肤色更黑或白，同时色素的改变可以影响你的全身或特定部位。色斑问题难以治疗，但随着治疗的手段从化妆美容到激光整容，我们就不难选择了。

色斑块

作为黑色素的主要功能，皮肤上的棕色或黑色斑块是用以保护人免受太阳光紫外线的辐射。遗传和阳光直射决定了黑色素的数量，黑色素越多皮肤越黑。产生黑色素的皮肤细胞的不正常活动就有可能使色斑生长在身体的任何部位，最常见的事例就是痣、斑点、雀斑或老年斑。痣的问题将在第94—96页进行探讨。

雀斑

■雀斑是色素局部沉淀的结果。棕色、圆形或椭圆形的皮肤色素斑，通常肉眼就能看到。

■一般的人平均都有30个色斑，有些人很少，但有些人却很多。

■皮肤白净的人往往容易长雀斑。

■雀斑的产生多数是由遗传引起，会在太阳照射下越长越多，同时也变得更黑，所以显得更显眼。

■雀斑是无害的，所以不需治疗，如果你有很多雀斑同时它的外观让你感到难为情，尝试进行化妆或中性漂白来淡化它。

■长雀斑的皮肤特别脆弱，需要避免阳光的照射，所以应避免日光浴，在户外时须使用防晒霜。

黄褐斑

■这种色素沉着疾病导致大斑点变成棕褐色皮肤，显现在脸颊和鼻子上，有时也长在前额。对于肤色较深的人来说，这样的色素斑比周围的肤色较淡。

■黄褐斑比较常见于怀孕期间、服用口服避孕药或更年期的妇女。

■黄褐斑通常没有必要进行治疗，而且会随着时间消失。

■黄褐斑会因为阳光的照射而恶化，所以应尽量避免阳光照射，同时采用较理想的遮阳措施。

■如果是由于避孕药造成，请与医生商量采用其他避孕措施。

关于老年斑

■老年斑也叫肝斑，常见于脸部、脖子、手背、手腕、胸部、背部、肩部或是那些常裸露于阳光下的部位，呈扁平浅色或红棕色。

■有些老年斑小如雀斑，但有的却大到直径几厘米。

■老年斑多见于55岁以上肤色较浅的老年人，尽管它被认为是年龄的象征，但有些三十多岁的人也常发现老年斑。

■老年斑是由于阳光照射的结果：皮肤的黑色素在阳光中紫外线的照射下堆积在一起产生不规则的黑色斑块。

老年斑的治疗

老年斑虽然无害但不雅观，所以有些人想消除它。以下是一些不同的方法及其效果：

■冷冻手术——使用液氮进行局部冷冻，然后将它从皮肤表面剥落。该手术较难以执行，可能会伤害好的皮肤，术后留有白色瘢痕。

■激光手术可以有效的消除老年斑，并且不会留下白色瘢痕。

■针对较浅色斑使用漂白产品也会收到良好效果。

■维A酸也可以减轻色斑，但却无法完全消除。

■使用化学药剂剥落脸部表层皮肤以及色斑。如果你不很好地保护皮肤，避免阳光照射，即使老年斑已除去，它也将很快地再长出来。避免阳光浴，当在户外时应在脸部和手部涂上防晒霜。

胎记

胎记，顾名思义，它就是在出生时或出生后就出现的色斑。几乎所有的人至少都有一个胎记。至今还无法知道胎记产生的原因，也没有遗传的迹象。

病因

两种截然不同的机理产生两种最常见的胎记。

■棕色或黑色的胎记，就如牛奶咖啡样痣，它是由于不正常的斑点色素组成的。

■红、紫或粉红色的胎记，就如草莓样痣或葡萄酒样痣，这是由于毛细血管的异常分布不均造成的。这类型的胎记在医学上也叫血管瘤。

治疗

在大多数情况下，胎记不会造成健康危险。它们经常在一定时间后就褪色甚至完全消失，所以也就不急着进行治疗，特别是小孩，胎记也许并不是永久的。

特别是在刚开始的几年时间里，有些血管瘤当受到碰撞后极易出血。如果有定期出血现象，就必须寻求医生的帮助，有必要的话将它切除。有些人在显眼的皮肤上长有大块的胎记如脸或手上，显得不雅观，给生活带来困扰，所以决定进行治疗。此外，许多的胎记治疗都是纯粹的化妆。

■增厚化妆可以有效地遮盖胎记，这类化妆品可能要按使用指南来使用。

■作为一个治本的方式，有多种的外科技术可以应用，主要根据胎记的类型以及其所在的位置，进行冷冻手术和手术整平法。

■激光治疗也常使用，对葡萄酒样痣的治疗很有效。但是，有时也许需要采用多种治疗方法才可以取得良好效果，对于那些大块而深色的胎记也许根本无法完全去除。这一类的治疗使得胎记较容易隐藏起来。

5

胎记的种类		
胎记的类型	特征	出现和消失的时间
鹳斑痣	呈小而扁平红色斑，多出现于眼睑、前额以及颈项处	该色斑在出生后不久出现，并在数周后消失
蒙古斑	呈蓝黑色斑，多出现于下背部或臀部，可能以一块或多块的形式出现	与生俱来，多见于亚洲和黑人婴儿身上，有可能在数年后消失
牛奶咖啡样痣	呈扁平，深棕或咖啡色斑，通常较小且呈椭圆形，但有时直径也可达数厘米	与生俱来，该类胎记永不消失
毛细血管瘤	较其他类型的胎记明显，通常呈鲜红色，从皮肤表面隆起且有弹性，在婴儿出生后数周迅速生长，并随着时间的推移逐渐分散而变小、变平、消退	婴儿出生后迅速出现并成长，3个月左右达到最终尺寸，当儿童成长到5岁左右大约会消失一半，在9—10周岁后大约有90%在没有进行任何治疗的情况下消失
鲜红斑痣	通常较少见，但是最显眼的胎记，呈扁平或微凸，微红、略带紫色的斑痣，通常较小，偶尔也会很大	在出生时或出生后不久出现，永不褪色或消失

色素的丢失

皮肤的某些区域的皮肤颜色丢失有几种原因。皮肤的损伤可以影响产生色素的细胞，当皮肤愈合时，可能比周围的皮肤较苍白，这种现象可在皮肤烧伤、皮肤感染、以及严重的湿疹、银屑病之后发生。但最常见的皮肤色素丢失的原因可能是一种令人非常烦恼的疾病，即白癜风，在这种情况下身体停止生长黑色素。

白癜风的真相

■通常200个人中就有一人患有白癜风。

■它并不是与生俱来的，但可以在任何年龄段出现，常在20岁前发生。

■所有的种族或民族都有可能发生。

■白癜风致使皮肤出现白色或浅肉色色斑。

■这些色素丢失的区域多发于脸部（特别是在眼睛、鼻子和嘴巴的周围）、躯体（尤其是在腋窝和腹股沟）以及手部。

■这些区域非常的明显，特别是那些肤色较暗者。

■在一些情况下，头发也会丢失，从而形成色斑。

病因

关于白癜风的准确病因目前尚无法知晓，尽管认为与遗传有关，因为有时成家族性发生。在众多原因中，皮肤中的黑素细胞停止制造黑色素，并有许多理论说明其发生的机制。

■有些专家认为皮肤中的化学成分抑制了黑色素的产生。

■也有人提出是由于体内的毒素成分致使黑色素细胞受到破坏。

■第三种理论说是由于某些原因而触发白癜风的发生，如压力、激素的改变或外伤等。

■现在最流行的理论认为白癜风是自身免疫性疾病，机体把黑色素当作有害的侵略者，免疫系统起反应可消灭它们。

■白癜风有时是疾病的表现，如糖尿病、恶性贫血或艾迪生氏病，所以在找到其他原因之前进行检查都是很重要的。

治疗

尽管据估计白癜风患者中有30%的人会自发性恢复色素，但目前白癜风尚无法治愈。白癜风虽然是无害的，但却使人异常痛苦，治疗不外乎是暂时隐藏白色斑块或对白色斑块处持久性带上一些颜色。

■作为暂时的解决办法是用化妆或搽涂掩饰面霜都是非常有效的。这个方法是配制较深颜色的覆盖物，而且不论男女都适用。仿肤色护肤霜也有助于恢复一些受影响区域的皮肤颜色。

■尽早在受影响处搽涂皮质类固醇护肤霜有时有助于抑制色斑的进一步扩散，有时甚至还可以恢复一些丢失的肤色。因为这些药物药效太强，这一类的治疗必须在医生指导下进行而且疗程必须加以控制。

■另一种治疗药物叫补骨脂素，可使皮肤对光线敏感，皮肤就可以很小心地暴露于紫外线A的光线下，这类光学治疗也叫PUVA，它促使那些白斑处回复皮肤自然颜色，这类治疗必须在皮肤科医生的指导下并且只能在医院进行。

■褪色区域的皮肤没有黑色素，也就失去了使皮肤免受阳光伤害的保护，所以那些白斑显得脆弱，即使在普通阳光下短暂暴露也易被灼伤。如果你被灼伤，白癜风将会扩散，同时影响其他区域，所以宜养成穿长袖的衣服、戴帽子和涂高指数防晒霜的习惯来保护自己免受阳光曝晒。

痣

事实上每人身体上某些部位都有一些痣。痣可能在你出生的时候已经存在，但几乎所有的痣都出现在儿童或少年时期，大约年龄在20岁之前。在40岁之后再出现就较为少见。脂溢性疣常常被误认为是痣，但它较高且粗糙，同时必须采取不同的治疗方法。

什么是痣

痣是由产生色素的细胞组成，即黑素细胞组成。因此许多痣呈现不同形状的棕色，虽然有些是皮肤颜色。

■它们开始是扁平的，而后逐渐隆起。在头20年它们不断地生长，虽然多数生长得很慢，有的长到1cm左右或更大。有的会长的非常大，并有毛发生出。

■有些孩子一出生就有很大的痣，有的人比一般人有更多的痣。

■皮肤白皙的人更常见。

原因

痣发生的确切原因并不清楚。一种理论是早年接触太多的阳光。这与遗传相关，像皮肤的类型，有家族发生的倾向。50岁以后，痣的数量会减少，原先的痣颜色变淡、隆起、凹凸不平。

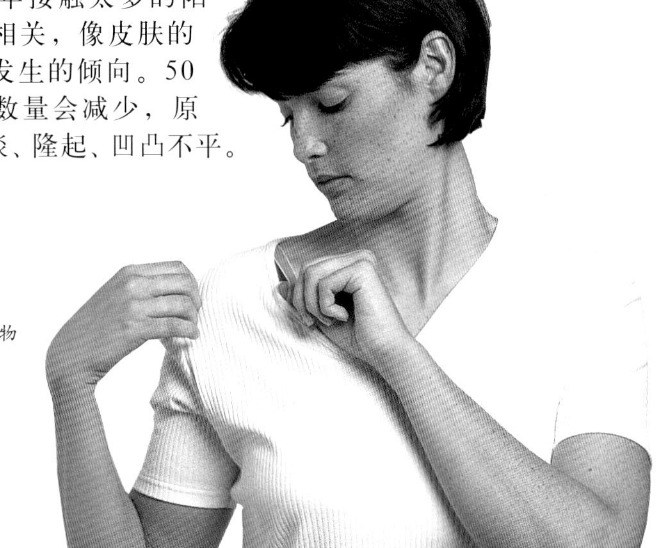

有些隆起的痣会与衣物摩擦，变得很痛并感染。应及时向医生咨询是否应把它除去

去痣

过去，许多医生常建议除掉痣，因为它有轻度发生癌变的危险性。现在则建议对痣进行观察（见第96页），如要去除，只有一个很好的理由——例如，衣服能够摩擦到，并引起不舒服。

■不要单单因为影响美观而去除它。不必要的摘除会造成不小的瘢痕，尤其是背部、肩膀、胸部及小腿——这些都是易于出现严重瘢痕的区域。

■有时候痣是可以由医生或皮肤病学家进行手术切除，或者你也可以到医院去治疗。

■多数的情况下，使用局部麻醉药麻醉该区域，并将痣切除，局部区域再缝合，这类的手术很常见，因为它允许将切除的组织送到实验室，在显微镜下检查是否有恶性的迹象。

■有的情况下，医生确认这个痣是正常的，可能会用手术刀削平。然后烧灼治疗区以止血。

■少数情况下，只有当医生十分确定痣毫无异常，才用激光去痣治疗。

去除痣的毛发

有些较大的痣上面有毛发生长。长毛的痣发生皮肤癌的几率并不会很高，去除痣的毛发也不会危险。你可以安全地削平、拔除或电解去除毛发。

然而，你必须小心，因为这些做法都会刺激毛囊，使它感染，并产生疼痛、肿胀。如果出现这些情况，应去看医生，也许你需要抗生素治疗。

脂溢性疣

脂溢性疣，也叫脂溢性角化病，一般人看来，有时与痣相似。

■这种常见的、无害的疣轻微突起，粗糙，颜色从淡棕色到几乎全黑。

■它在身体各处均可出现，但常见于背部及太阳穴。

■它们不会癌变，但影响美观且会痒。

■它们可以很容易用冷冻治疗去除，或在局麻下削除，且治疗后不留瘢痕。

痣的变化

如果你有大量的痣，就必须加以关注，或者请你的家人或医生定期检查他们的变化。重要的痣要记住它的位置和大小。因为有些痣的细胞会发生变化同时会恶变。虽然并非所有的变化都是恶变的信号，但还是值得关注。大概有一半的皮肤癌是由长期存在或原先已存在的痣发展而来，另外50%是发生在正常的皮肤。

痣在什么情况下才是正常的

痣在人的一生中会发生很大的变化，在绝大多数情况下这些改变无关紧要，但为了安全起见，痣的任何变化都必须让你的医生知道，正常的痣可能会发生以下变化：

■痣在一段时日后会隆起或褪色。

■痣的周边会褪色。

■怀孕期间痣的大小和颜色会改变，在生育之后痣的颜色就会复原，但可能需要一段时间。然而，皮肤癌也可能在怀孕期间出现，因此为安全起见，最好去看医生。

痣在什么情况下应值得关注

有些痣的变化还是值得关注的，请特别注意以下的情况：

■新痣，尤其是40岁以后出现的痣。

■痣越变越大。

■痣发痒。

■颜色的改变。例如：痣的颜色变深、变黑或者转变成为介于棕色或粉红色之间的颜色。

■痣变得不均匀、模糊或者外观变得不规则。

■痣出血或渗液。

■那些比铅笔的钝头更大的痣。

日晒的问题

关于日晒的看法，许多年来发生了惊人的变化。在20世纪初，女性崇拜白皙而光滑的皮肤，棕色的皮肤根本不流行。日光浴和古铜色的皮肤作为富裕的标志仅是近十年来的时尚。日光浴的盛行使假日完全成为晒太阳的日子。我们现在知道过度的日晒会引起皮肤干燥、出现皱纹及早衰。它能灼伤皮肤，引起过敏反应，导致致命疾病如恶性黑素瘤。当你外出时应采取一些防范措施以减少对皮肤的伤害。

日晒的影响

大多数人在有太阳的时候都感觉很好。太阳能使我们感觉健康、精力充沛和生活充实。虽然现在我们关注的是太阳的危害，但是少量的阳光对我们是有益的。你既可以得到好处又要保护自己免受过度的日晒。

阳光的好处

日晒可以帮助机体将皮肤中无活性的类固醇合成脂溶性的维生素D。维生素D是形成健康、强壮的骨骼所必需的维生素。它可保护小孩免得佝偻病，成人免得骨软化病，它也能有效地防止出现骨质疏松——广泛发生于老年人中的骨头退行性疾病。

这些好处得益于少量定期的日晒——而不是长时间在沙滩上炙烤。虽然“完美的棕褐色”能够遮掩不明显的血管及其他皮肤的缺陷，但我们现在知道棕褐色的皮肤是一种损伤性皮肤。这是由于太阳发出的紫外线造成皮肤的不可逆性损伤，使皮肤早衰及增加某些皮肤癌的发生率。

太阳和皮肤

阳光是一种电磁性的放射线，类似于X线，只是能量很低，这种射线叫紫外线，按波长划分为三种类型，每种紫外线对皮肤的作用方式都不同（见下面的表格）。太阳紫外线能穿透表皮或皮肤的底层，影响新细胞的产生和角质化，变成厚而硬的皮肤。它也能穿透深层的皮肤——真皮层。它能使胶原质（支持皮肤的弹力纤维）断裂和造成皮肤结构和厚度的改变。

晒黑的真相

■当你经过日晒后，皮肤会变黑。这是皮肤对太阳损伤的自我保护，阳光刺激黑色素细胞产生大量的保护性黑色素，就出现棕褐色。

■由太阳造成的损伤多数都是不可逆转的。虽然像灼伤这样的短期的影响会很快消失，而长期的损害可能要许多年以后才会出现。

■太阳的损害可使皮肤出现老化，起皱纹、角化及发红、干燥。它也能导致毛细血管扩张：扩张的毛细血管明显地出现在皮肤表面。

紫外线的损害

太阳发出三种主要类型的紫外线，它们对皮肤的影响不同，损伤方式也不一样。

类型	作用	皮肤损害
紫外线A（UVA） 能量最低的紫外线，过去认为没有损伤性，但现在认为不是这样的。UVA的水平实际上是全年全天候存在的，它甚至能穿透玻璃	UVA能穿透深层的皮肤，到达真皮层，这些射线逐渐损害皮肤的基础组织和结构，破坏和损害胶原质和弹力纤维	■产生皱纹 ■降低弹性 ■出现早衰迹象 ■削弱皮肤防御系统，使皮肤更容易感染和可能产生皮肤癌
紫外线B（UVB） UVB射线并不是全年全天候存在。根据温度和纬度，它通常在早上10点至下午4点穿透大气层	UVB对皮肤的损害更严重，因为它作用于皮肤细胞的DNA。UVB能影响表皮，并能灼伤皮肤。暴露于UVB中会增加自由基的活性，削弱皮肤的自然防御能力	■引起灼伤或晒成褐色 ■导致早衰，粗糙、皮革样皮肤及变黑，产生不正常的色素斑 ■促进皱纹产生 ■刺激皮肤产生癌前病变和癌变
紫外线C（UVC） 能量最高的紫外线	可能对皮肤的损害最大。然而，所有的这种射线都被高空中地球大气层中的臭氧层所阻挡	如果臭氧层被破坏或出现空洞，我们不久就会觉察到UVC对皮肤的损害

安全日光浴

即使现在我们知道阳光的危害性，许多人还是不能放弃在夏天去度假或炎热天气里的日光浴。户外运动带来健康的身体，虽然会晒黑皮肤，许多人还是觉得户外运动具有无限的吸引力并可以从中得到心理上的满足。如果你不想放弃日光浴，有些预防措施可以减少日晒的危险性，使日光浴更安全。

孩子和阳光

细嫩的皮肤尤其易受阳光的损害，孩子的皮肤很快就会被灼伤。除了晒伤的皮肤造成暂时的不舒服之外，还有更严重的理由值得防护。有足够的证据表明童年时代严重的晒伤会导致长期的皮肤损害——并且在以后的生活中有可能发展为皮肤癌。因此采取特殊的预防措施保护孩子的皮肤是很有必要的。

■6个月以下的小孩应避免直接的阳光照射。他们需要新鲜空气，但应呆在阴凉处。

■6个月以后，小孩可涂一些高度防晒霜。有些是特别适用于儿童细嫩的皮肤。

■定期重复使用防晒霜，尤其是你的孩子从水里出来后。

■除了防晒霜外，在户外时还要给你的孩子穿上T恤衫，带上帽子。

■在一天中最热的时候，应让你的孩子呆在阴凉处。

■确保你孩子每天都喝足够的水以免脱水，白开水最好。

■如果你的孩子出现皮肤晒伤，应给他洗个冷水澡，或用带冷水的海绵轻轻擦拭皮肤，也可见第105页。

防晒的好办法

■外出前15分钟前应涂上质量好的广谱的防晒霜（防晒霜的有关信息见第102—103页）。每隔几个小时再涂一次防晒霜，或按应用指南，尤其是游泳之后。

■慢慢地，逐步增加日晒时间。最初每天晒20—30分钟，以后逐渐增加日晒时间。

■一天中最热的时候应避免日晒。这根据你所处的地方而不同，但多数地方是在上午10点到下午4点之间。

■外出日晒时要穿上外套。戴上帽子，穿上长袖衣服。

■喝足够的水或不起泡的饮料，避免含有酒精的饮料，因为会引起脱水。

■日晒时避免使用有香水或加香料的产品。因为这些产品中含有的某些物质会在阳光下起反应，而出现过敏反应或不正常的色素沉着。

■当天气很热时，应避暑。呆在屋内等气温下降时再外出，或至少应在阴凉处。

人造的阳光

除了日光浴，许多人还用太阳灯或太阳床——可能在度假前，以免在沙滩上看起来显得很苍白，或尽量保持他们好不容易才获得的棕褐色肤色。

以前的观点是人造太阳光几乎不会造成长期的危害。但与许多研究所表明的情况相似，更多的专家意识到人造太阳光不是绝对无害的。

根据太阳床的类型和样式，它们可能会发出低能量的UVA射线，并滤掉灼热的UVB射线。但一些老式的太阳床会发出两种射线。这意味着你的深层皮肤受到损害，随着年龄的增加会起皱纹，由于太阳床的使用时间不够长，专家们无法确定这种日晒方式是否与皮肤癌有关。

如果你准备使用太阳床，请注意下面的内容：

■少量使用。只是偶然使用，但不要超过推荐的时间。过于频繁的曝晒，例如每周30分钟，维持几个月，会导致皮肤脆弱及早衰。

■这种方法不适合16岁以下的未成年人。

■如果你患有皮肤病、光敏性皮肤或有恶性黑素瘤的家族史，请不要使用太阳床。

进行皮肤保护

过去，防晒产品主要由一些椰子油或婴儿润肤油组成以使皮肤保持湿润，滑雪运动员和冲浪运动员在鼻子和嘴唇涂上厚厚的白色的氧化锌，以免被灼伤。现在，人们对于太阳对皮肤的损伤的认识已经发生改变。防晒产品的内容很多且很精细：无色的、无味的、防水的、不含油脂的、低敏的或保湿的，这些都可以从超市和药店里找到，你可以去寻找适合你的产品。

选择防晒指数

当你选择防晒产品时，最重要的方面也许是考察SPF，即防晒指数。使用防晒品时皮肤灼伤的时间是直接暴露在阳光中皮肤灼伤时间的多少倍，即为防晒指数。例如：SPF为8意味着，正常情况你在阳光中10分钟就会被晒伤，而你涂上防护品后要在阳光中80分钟才会达到同等程度的晒伤。

■大多产品的防晒指数是4—30或更高。防晒指数越高，防晒效果越强。

■概括地说，皮肤越薄，越容易晒伤，选择的SPF要越高。

■许多皮肤学家认为要妥当保护你的皮肤，所用的产品防晒指数至少要有15，并每天都用，至少在脸和颈部。

■专家们认为，产品的防晒指数高于30是不必要的，除非医生建议使用。因为如此高指数的产品，其中所含的某些成分可能会引起过敏或其他反应。

■现在许多面霜和润肤霜都含有防晒成分，所以你不必涂两种产品。

使用防晒品对于滑雪者及其他经常暴露于阳光的人都很重要

防晒

■选用适合你皮肤类型的产品。如果你不确定，可以咨询医生或药剂师。

■许多防晒产品只针对UVB射线。寻找广谱的防晒品，可以防护UVA和UVB两种射线，一般在包装上都有说明。

■开始晒太阳的前几天为避免皮肤灼伤，应选用高防晒指数的产品。当你的皮肤适应了阳光时，可转为使用低防晒指数的产品。

■在很热的天气，最好坚持用高防晒指数的产品。

■身体的有些部位较容易被晒伤，如鼻子、嘴唇、耳廓、肩膀和脖子这些区域，应用高防晒指数的产品或将阳光遮挡住。而那些常年很少有阳光照射的部位，如胸部和臀部，又特别脆弱，所以更要小心呵护。

■有规律地定期反复涂防晒品——约每两小时1次或如果你在水中或流了许多汗，涂抹的次数要更频繁。

■小孩要用高防晒指数的产品。

■涂抹两倍的防晒品并没有双重的保护，即双倍剂量的SPF15的产品不具有一份SPF30的防晒效果。防晒品提供的只是包装上所指的防晒水平。

■防晒品并没有提供彻底的保护，你的皮肤仍然会被晒伤和出现长期的损害。即使是使用高防晒指数的防晒品，也要避免整天进行日光浴。

■有些防晒品的成分会引起过敏反应。如果出现这种情况，请找医生以选择适合的产品。

保护黑皮肤

皮肤病学家对黑色皮肤是否需要防晒意见不一。黑色皮肤含有更多的保护性黑色素，作用相当于天然的防晒品，同时，黑色皮肤的人也很少出现恶性黑素瘤。皮肤的损伤如皱纹和脱色会发生，虽然通常比皮肤白的人要迟得多，仅仅靠黑色皮肤的保护作用并不明智，还要涂上低防晒指数的防晒品，并避免每天最热的时候晒太阳。

晒伤

许多人可能喜欢皮肤有一点棕褐色，但没有人愿意晒伤。然而，成千上万的人都遭受过晒伤的折磨，因为他们认为这样才会达到他们所渴望的相当完美的棕褐色皮肤。有的人认为在变棕色之前总要晒伤，或有的认为晒伤能加强皮肤，有助于防止将来的皮肤晒伤。这两种观点都是错误的。晒伤正是我们所说的来源于太阳紫外线的辐射灼伤。

症状

灼伤是太阳紫外线照射的延期效应。当你过度暴露于太阳射线中，就会引起皮肤表面血管的扩张，出现太阳灼伤的红色。当皮肤被灼伤时，发生炎症反应，引起皮肤细胞释放化学物质以帮助抵抗损伤。

■你的皮肤可能会肿胀、变脆弱，严重的可出现水疱。

■红色通常出现在过度暴露于阳光2—8小时之后，你无法判断最初是如何损伤的，但结果却一天天变坏。

■水疱可能要12—24小时才出现。

■如果灼伤很严重，你可能会出现中暑的症状，包括发烧、寒战、呕吐。

■红色最多可持续一周，也可能在2—3天内变成棕色。在这期间皮肤死亡细胞开始脱落，会引起脱皮、干燥和剥落。

长期损害

晒伤的早期损害是短暂的，但也能导致永久性伤害。科学家现在怀疑：即使只是一次严重的晒伤，尤其是在儿童时期，也足以在日后诱发皮肤癌。一次严重的灼伤，可以使皮肤细胞出现永久的改变，即更改DNA。当细胞在自我修复过程中错误就会发生，多年以后就可能出现皮肤癌。

治疗

太阳灼伤后短期内除了会有极度的疼痛和不舒服外，通常并不严重。太阳灼伤与其他灼伤并无不同，所以许多治疗的方式也相同。

■冷敷灼伤的部位，或洗个微温的澡。这有助于减轻不适，因为炎症的皮肤可释放一些热量到周围的水中。

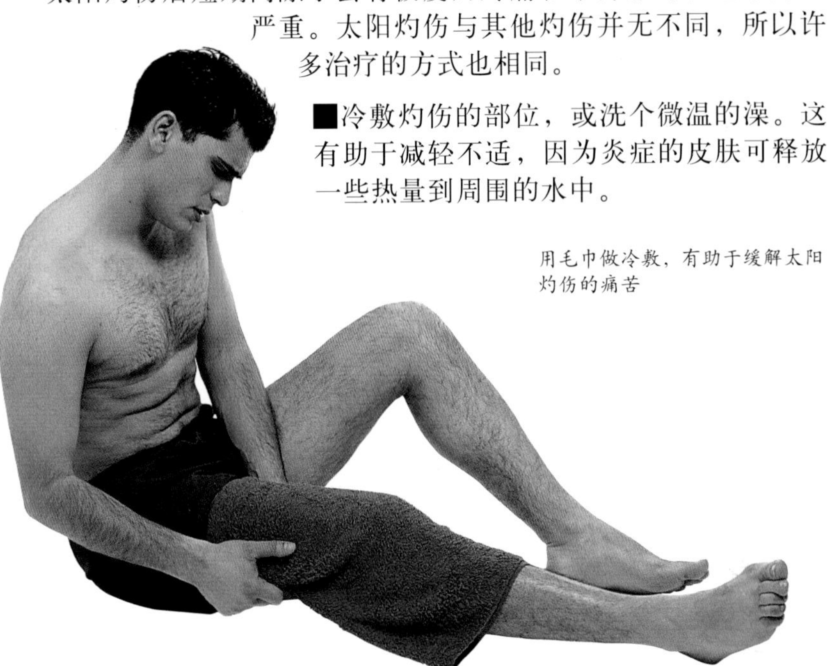

用毛巾做冷敷，有助于缓解太阳灼伤的痛苦

■在灼伤区用一些润肤霜或镇痛性软膏，可以缓解灼伤带来的干燥和脱皮。

■药房出售的清凉喷雾剂或软膏能减轻烧灼感和瘙痒。

■简单的止痛药，如阿司匹林，能缓解疼痛，减轻炎症反应。

■轻轻地擦拭炉甘石洗剂，可缓解灼伤症状。

■多喝水，因为你可能会脱水。

■在灼伤痊愈之前避免再次暴露于阳光之中。

■不要剥去正在剥脱的皮肤或挑掉水疱，这样暴露出的皮下组织能引起出血、感染或永久性的脱色。

■如果灼伤很严重且累及身体的大部分皮肤，应去看医生，寻找帮助。

痱子

痱子，通常叫汗疹或热疹，是炎热或潮湿的气候过度刺激皮肤而形成的皮疹。它与流汗过度有关，常见于身体汗液易于聚集的部位。你没有直接接触阳光也会发生。

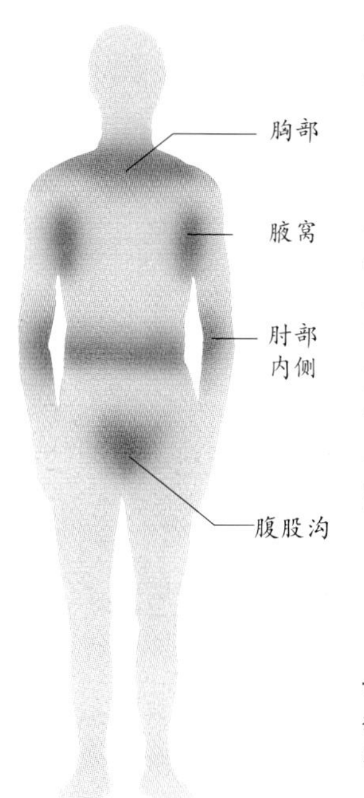

病因和症状

当汗腺导管肿胀和堵塞时就出现皮疹。出现这种情况的原因是温度升高，皮下的小血管扩张，且随着组织肿胀，皮肤充血和毛孔被挤压，然后堵塞。持续不断产生的汗液无法直接排出，聚集在皮下，就在皮肤出现几乎不透亮的、充满液体的小水疱——痱子，就是红色粟粒状小疹子。皮肤会变成潮红、发炎和疼痛，然后出现恼人的瘙痒或刺痛，瘙痒有时会非常剧烈而难以入睡。

长痱子的部位
痱子经常长在汗液不容易蒸发的部位

治疗

对于痱子没有快速的疗法，但以下的方法可能会减轻症状：

■使用风扇以使周围空气凉爽。

■洗冷水澡。

■穿轻的棉质衣服。

■避免过多的晒太阳。

■使用炉甘石洗剂或软膏以润滑皮肤。

■抗组胺药片可以缓解疼痛。

■有些患者发现用力擦洗并使皮肤鳞片样脱落有助于维持汗腺导管通畅，但是并没有这方面的医学证据。

光敏

假设你在度假，当你一出现在太阳下就会发现皮肤出现皮疹。这种疾病叫光敏，发生于机体对阳光的不正常反应。与痱子不同的是，痱子是在气候炎热或潮湿时出现在背阴的部位，光敏是直接暴露于阳光下发生的，它能使皮肤出现水疱或潮红、瘙痒或脱落。

光敏的类型

光敏指的是一组的疾病，多数都能出现皮疹。

■多形性光疹是最常见的类型，女性比男性多见。这是由于身体的免疫系统受日光的影响而改变。免疫系统反应过度，并破坏皮肤因暴露于紫外线而产生的化学物质。多形性光疹产生不同的皮肤反应，包括红色发痒的小斑点或发痒的小泡，外观与痱子相似。这些皮疹在短短的几个小时内可以出现，且要持续好几天。

■日光性荨麻疹也是由免疫系统对阳光的异常反应引起的。它产生的是高出皮面发痒的圆形疹子，与荨麻疹相似。一旦你接触太阳，皮疹就会出现，在几小时之内消退。

■药物，如某种抗生素、抗炎药和利尿剂都能引起光敏。涂搽皮肤的某些化学物品，如防晒霜和香水的某些成分，也会使你的皮肤出现光敏。所幸的是，当你停止服用这些药物或使用这些化学用品，光敏就会消失，虽然需要一段的时间。

治疗

■避免中午强烈的阳光。

■穿上全身防晒的衣服。

■某些时候需要穿上密集编织的衣服。

■有些紫外线会透过玻璃，所以需要在家里或汽车的窗户贴上特殊的薄膜。

■约有一半的日光性荨麻疹患者发现抗组胺药可缓解症状，并能控制过敏反应。

■如果这些方法都没用，应在医生的指导下采用强效的治疗。

皮肤癌

太阳可以多种方式损害皮肤，但最严重的影响是引起皮肤癌。在世界的许多地方，皮肤癌是很普遍的癌症，患者日渐增加。有三种主要类型的皮肤癌，都与遭受过度的日晒有关。以下描述其中两种最常见也很容易治疗的皮肤癌。而恶性黑素瘤，最严重的皮肤癌，将在第110—111页中讨论。

基底细胞癌（齿形溃疡）

■这是目前最常见的一类皮肤癌，通常发现于60岁以上的老人。

■它常累及多年户外工作的人，或常年进行户外运动或长期生活在炎热气候里的人。

■基底细胞癌经常影响脸部皮肤，尤其是眼的内眦和鼻子周围的皮肤。头部和颈部以外的区域很少累及。

■首先出现的是生长缓慢的小团块，最终可能长成直径6毫米左右。

■小团块起初看起来是半透明的，如果不治疗，就会隆起，边缘呈珍珠状。经过一段时间，累及的区域扩大，组织破溃，并在中央形成难以愈合的溃疡。

■基底细胞癌很少播散到身体的其他地方。然而，它可能局部扩大，并严重损伤周围组织。

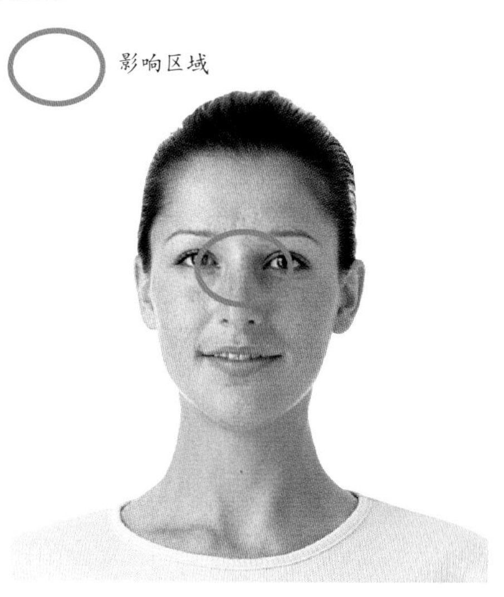

治疗

■基底细胞癌通常用常规的外科手术切除。偶尔也可以用透热法（热疗法）。

■如果癌组织生长在不易手术的部位，放射治疗也是有效的。

■如果及早治疗，超过90%的病例都能治愈。

鳞状细胞癌

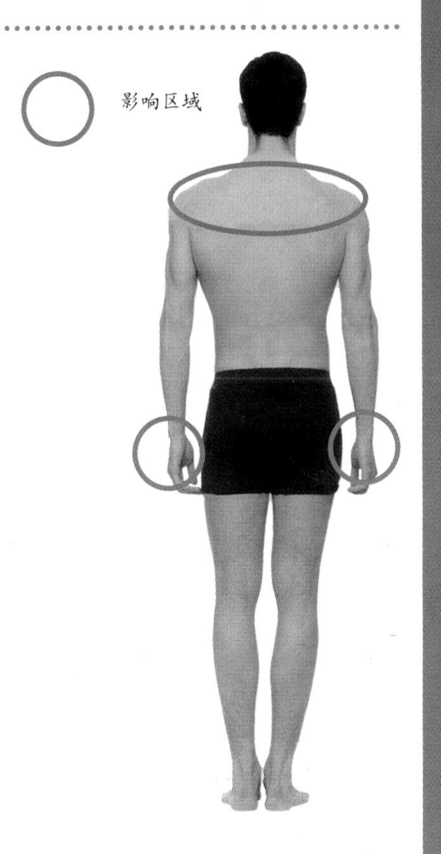

■这类皮肤癌的发生率是基底细胞癌的1/4。

■起初，它看起来是鳞状、凸起的实性小结。生长很快，6个月内能翻一倍，最后发展为红色、难以愈合的溃疡。

■它常发生于经常日晒的区域，如头颈部、手背、胸背部的上半部分。

■与基底细胞癌相似，鳞状细胞癌多发生于老年人。

■它与多年暴露于阳光中密切相关，但也可由某些生产和工业用品引起，如焦油、砷、石油衍生物等。

■少数情况下，它可以转移到邻近的淋巴结或身体的其他组织。

治疗

■鳞状细胞癌的早期治愈率很高，治疗方法有手术治疗、冷冻治疗，某些情况下可用激光治疗。

■如果癌组织长在难以手术的地方，也可以用放射治疗。

早期征兆

常见的三种皮肤癌起先都可能先出现看起来无害的肿块或变色的区域，最后发生形状、大小、颜色的改变。因此，最好定期检查皮肤，所以你要熟悉皮肤的正常外观。如果你发现皮肤有任何改变，立即与医生讨论——因为皮肤癌越早治疗，治愈率越高。

恶性黑素瘤

这种皮肤癌与其他两种完全不同。虽然比基底细胞癌和鳞状细胞癌少见，但较前两种严重得多，且多数会导致死亡。如果不治疗，它会转移到其他器官，特别是肝、肺、骨和大脑，直到死亡。

关于恶性黑素瘤的概况

■这种疾病可以影响年轻人，虽然它几乎很少在青春期之前发生。

■多数黑素瘤以皮肤的黑斑开始，如一颗不寻常的雀斑或新出现的或已存在的痣。

■在女性，恶性黑素瘤最常见的部位是小腿肚。

■在男性，它通常发生在躯干，尤其是背部。

■在老年人，它也能出现在脸上。

■恶性黑素瘤不一定发生于暴晒太阳的部位。

注意

当你检查皮肤和不寻常的黑痣或雀斑时，有四种特征：

■不对称，黑痣的一侧不规则。

■边缘不整齐、粗糙、凹凸不平或模糊不清。

■颜色不一致，包括棕褐色、棕色、蓝色、黑色或红色等不同的杂色区域。

■直径大于6毫米，大约为铅笔的橡皮头大小。

病因

专家们尚未确定恶性黑素瘤的病因，但太阳的照射可能是一个重要的因素。它们之间的关系较其他的皮肤癌更复杂，除了多年的日晒结果之外，短时间、剧烈的日晒，或者一次严重的晒伤，特别是在儿童时代，也足以在日后诱发恶性黑素瘤。当然，黑素瘤不一定出现在被灼伤的区域。

治疗

有些类型的恶性黑素瘤生长和转移都比其他类型的快得多。专家们很容易辨认早期的黑素瘤，因此你一旦发现黑痣或雀斑有不正常的改变，应立即报告医生。如果能得到早期诊断、早期治疗，就有很好的治愈机会。

■任何可疑的痣都应被切除，并送到实验室进行病理检查。如果是黑素瘤，治疗将根据它是否扩散到身体的其他部位，而采取不同的措施。

■如果黑素瘤尚未扩散，你必须手术治疗，组织切除范围根据黑素瘤的大小，浸润深度越浅，治愈的机会越大。

■已扩散的进展期黑素瘤，化疗可作为手术的辅助疗法。这种肿瘤对射线并不敏感。

■如果你的恶性黑素瘤已经治疗过，在接下来的日子里你要小心观察，因为约1/3的人会复发。因此无论你何时出现在阳光中，都要注意保护皮肤。

什么人发生率最高

虽然几乎每个人都可能发生皮肤癌，但如果你有以下的几种情况，你的发生率可能比其他人高得多。

■黑痣超过100个（指年轻人），老年人多于50个。

■有许多大小、形状、颜色不正常的黑痣。

■面容白皙的，长雀斑的皮肤容易晒伤、很少晒黑。

■有恶性黑素瘤的家族史。

■居住地气候炎热，尤其在童年时代。

日光性角化病

也称为光化性角化病，这些疣状的、粗糙的、红色的鳞状斑点主要发生在脸、颈、手及前臂，这是幼年持续暴露于太阳的结果。秃头的人也可发生于头皮。日光性角化病常见于经常在户外工作的人。

■日光性角化病本身并不是癌。然而，日光性角化病的人在病变部位或周围区域发生鳞状细胞癌的危险性较高，尤其是继续受到阳光照射的日光性角化病。

■日光性角化病用冷冻治疗（液氮冷冻治疗）或化学药物治疗，很容易去除。

原著编辑人员

Project Editor Cathy Meeus

Art Editor Hugh Schermuly

Designer Julie Francis

Photographic Direction Tania Volhard

Copy Editor Mary Senechal

Indexer Lynn Bresler

Picture Research Zilda Tandy

Managing Editor Anne Yelland

Art Director Sean Keogh

Editorial Assistant Sophie Sandy

Editorial Coordinator Becca Clunes

Production Nikki Ingram,
Mary Osborne

鸣 谢

The author and the publishers gratefully acknowledge the invaluable contribution made by Laura Wickenden who took all the photographs in this book except:
8 Robert Harding/ Explorer; 12 Marc Romanelli/ The Image Bank; 18 G. + M. David de Lossy/ The Image Bank; 19 Daly/ The Stock Market;
22 Images Colour Library; 26 Ian West/ Bubbles; 31 The Stock Market; 38 Larry Dale Brown/ The Image Bank; 59 Andrew Sydenham;
85 Andrew Sydenham; 93 Power Stock Photo Library; 109 Andrew Sydenham
The illustrations were produced by Janos Marffy.